Padre Zezinho scj

Melhores Filhos, Melhores Pais

São Paulo
2012

UNIVERSO DOS LIVROS

Diretor-Editorial: **Luis Matos**
Editora-Chefe: **Marcia Batista**
Editora-Assistente: **Noele Rossi**
Assistente-Editorial: **Bóris Fatigati**
Preparação: **Alessandra Miranda de Sá**
Revisão: **Sandra Scapin**
Arte: **Camila Kodaira**
Capa: **Zuleika Iamashita**

Dados Internacionais de Catalogação na Publicação (CIP)
(Câmara Brasileira do Livro, SP, Brasil)

Z63m Zezinho scj, Padre.

Melhores filhos, melhores pais / Padre Zezinho scj. –
São Paulo: Universo dos Livros, 2012.
304 p.

ISBN: 978-85-7930-302-9

1. Religião. 2. Psicologia.
I. Título.

CDD 248.4

Universo dos Livros Editora Ltda.
Rua do Bosque, 1589 – Bloco 2 – Conj. 603/606
CEP 01136-001 – Barra Funda – São Paulo/SP
Telefone/Fax: (11) 3392-3336
www.universodoslivros.com.br
e-mail: editor@universodoslivros.com.br
Siga-nos no Twitter: @univdoslivros

Meu livro trabalha com relações e reações.

Dedico-o aos pais e filhos que conseguiram adequar suas reações às suas relações.

É preciso ser muito sereno e amar muito para viver bem esses dois substantivos.

Sumário

Introdução

Melhores filhos serão melhores pais? Melhores pais terão melhores filhos? É tudo assim tão lógico e tão maravilhosamente mágico?

Este é um livro de crônicas e sentenças. São quatro décadas de registros, ângulo após ângulo, de meus observares. Foram escritos ao passar dos fatos, que é do que as crônicas são feitas. Aprendiz de G. K. Chesterton*, caminhei observando, esmiuçando, falando, cantando e escrevendo.

Se você tem ideias prontas sobre família e matrimônio, antecipo que este livro não lhe servirá nem mesmo para consulta. Destina-se a provocar, abrir diálogos; propósito antigo do autor.

Se estudou a fundo as relações e as reações da vida familiar, seguramente você não descobrirá novidade nestas páginas. Mas, pela linguagem aqui adotada, talvez elas venham servir aos que precisam ler mais sobre vida em família e, motivados, começar a ler melhor a si e aos familiares. Se tem procurado um livro que provoque reflexão e diminua, ao menos em parte, suas perplexidades, pode ser que estes escritos o auxiliem.

Repiso e relembro: estas crônicas nasceram por solicitação de ouvintes e leitores. São quarenta anos de crônicas, revividas em shows que levei por cinco anos para mais de cem cidades do

* Gilbert Keith Chesterton foi um escritor, poeta e crítico literário britânico. A partir de 1922, quando se converteu ao catolicismo, Chesterton passou a escrever também importantes ensaios sobre religião.

Brasil, e em dois musicais de televisão, que resumi em CD e DVD cantados. O título era *Melhores filhos, melhores pais.*

No show, no rádio e na televisão, os textos lembravam que: a) sempre é possível melhorar como pai ou mãe; b) sempre é possível melhorar como filho ou filha; c) quem melhora como filho ou filha tem mais chances de, quando tiver os próprios filhos, ser melhor pai ou mãe. Vale dizer: melhores filhos hoje, melhores pais amanhã; d) melhores pais agora, mais chances de ver filhos e filhas melhorarem.

Não é tudo mágico, nem abracadabra, nem pirlimpimpim. Não basta ler livros, frequentar alguma igreja, algum curso ou grupo de oração para, por conseguinte, ver a família passar de nota 5 a nota 10. Atrás das grades há milhares de filhos de pais religiosos. Desconfie de quem faz essas promessas ou dos livros que dizem que, se você seguir dez ou trinta passos indicados pelo autor, sua família mudará. Segundo a fé judaico-cristã, o Criador do Universo deixou dez mandamentos e uma série de conselhos para quem quisesse ser feliz, e não tem dado certo até hoje, porque, segundo estas religiões, Ele nos deixou livres para escolher... Quem formou uma família fez uso da liberdade, quem foi embora dela também usou do direito de escolha, ainda que errada. Quem ficou e tenta melhorar também o fez porque escolheu.

É dessas relações e reações e dessa liberdade que me ocuparei nas leituras que lhe coloco em mãos. Se concordar, divulgue. Se discordar, escreva a própria tese. Se há livros necessários, aqueles sobre a família estão entre os mais urgentes. O mundo precisa de pensadores que ousem sonhar com famílias sólidas e serenas. Espero que a sua seja uma delas.

*

P.S.: Já deve ter percebido que sou sacerdote católico. Se isso prejudicar sua leitura, feche o livro e procure alguém de sua fé.

Sei que outros autores, de outras convicções, têm coisas excepcionais a dizer sobre a vida em família. Ouça-os. Mas, se servirem os mais de vinte séculos de busca que marcam a doutrina dos católicos desde os primeiros discípulos de Jesus, venha comigo. É nessa busca que assento bases!

Conceitos e Preconceitos

A era da persuasão

Venceu o ethos consumo/diversão. O mundo, que sabe se divertir, perdeu a capacidade de convergir e divergir.

Você formou família numa era de grandes urgências e insurgências. Com o fim da guerra de 1945 a 1948 e com a fragorosa derrota do nacional-socialismo, o mundo caminhou para um período de grandes urgências, rebeliões e insurgências. Por conseguinte, na perda substantiva de diálogo. Quem chegasse primeiro ou conseguisse mais aliados, adesões e avanços determinaria o futuro do mundo. Quem melhor manipulasse o dinheiro, a mídia, a religião e a corrida armamentista venceria. Capitalismo, comunismo, direita e esquerda e fundamentalismos religiosos mergulharam de cabeça na propaganda, no marketing e no poder de persuadir. O mundo não poderia mais ser vencido; teria de ser convencido, porque essa seria a nova maneira de vencer. Os ditadores tomaram as mídias e as nacionalizaram, os democratas as compraram a peso de ouro e as igrejas aprenderam que para crescer precisavam de microfones e câmeras.

*

De 1960 para cá, o mundo mergulhou na era da persuasão. Estado, indústria, comércio, religião e mídia querem a cabeça e o coração das massas. Logicamente, o das famílias. Se você leu algum compêndio de História contemporânea, então já leu sobre a análise das efervescências desses últimos cinquenta anos.

Fim da grande Guerra Mundial, começo das guerras não declaradas, início da era espacial, começo da era digital, inovações midiáticas e tecnológicas, surgimento do celular, do microcomputador, do Ipod e do Ipad, revolução na casa e na cozinha, revolução no leito do casal... Também revolução dos costumes, mudança de status da mulher, avanço do movimento gay, revolução sexual, avanço dos entorpecentes, perda do poder pátrio, cooptação da juventude para novos costumes e novas economias... Consumismo desenfreado, capitalismo selvagem e depois desafiado, comunismo esmagador e esmagado, ditaduras de esquerda, revolução das artes e da música, inquietação e avanço do fundamentalismo religioso, revoltas urbanas e rurais...

Além da queda do muro de Berlim, criação da União Europeia, ascensão dos cinco e dos sete, perda de poder da ONU, ascensão e queda dos Senderos e Montoneros e das Panteras Negras, Berkeley, Johns Hopkins e Woodstock, apogeus e declínios do catolicismo, ascensão e contenção de sindicatos, derrota de regimes comunistas, derrubada das torres gêmeas, retaliações e quedas de regimes terroristas, terror e luta antiterror, movimentos libertários violentos, derrota de regimes ditatoriais orientais e árabes, adaptação de esquerdas ao neocapitalismo de conveniência...

E aumento da violência nas ruas e centros urbanos, aumento da prostituição, avanço e derrota de Cuba e outras exportações de revolução, agitação racial, crescimento das igrejas de resultado (aquelas que se pautam pelo rendimento material), volta intensa da busca por milagres, curas e exorcismos, volta do mágico e imediato, das falsas certezas absolutas...

Diminuição do número de filhos, aumento de divórcios, intensas migrações e conflitos étnicos, massacres de milhões de opositores, Vietnã, Camboja, Iraque, Irã, Afeganistão, perda de influência dos norte-americanos e russos... Ascensão econômica dos quatro emergentes e dos vinte países em desenvolvimento, novos blocos, novas alianças, novos polos de poder, corrupção mundial desenfreada e incontida, mundialização, macroeconomias, nova crise financeira em 2008, ascensão e queda de bancos e instituições financeiras, catástrofes naturais cada vez mais frequentes.

É apenas uma pequena lista do que o mundo conheceu nestes últimos cinquenta anos. Não sendo os povos e as alianças os mesmos, mudado o status da mulher e do homem, constatados os novos comportamentos sexuais, permitido o acesso de pessoas cultural e espiritualmente despreparadas à mídia, em decorrência de aventureiros e charlatões a vender respostas mágicas de saúde, fé e felicidade... Disseminada a liberdade de costumes, firmada a vitória do marketing, do individualismo, divulgadas as fábricas de ídolos nas artes, nos esportes, na política e na religião, instaladas novas ditaduras, tendo a vida encarecido e os impostos avançado às raias do absurdo, era natural que a família sofresse de perplexidade.

Para onde vai o mundo? Para onde vão as religiões? Para onde vão as políticas? Quem pode ter mais de dois filhos? Quem segura uma relação por mais de dez anos num mundo fundamentalmente infiel? Por qualquer nova chance se troca de empresa, de igreja, de comunidade, de família e de compromisso, e o infiel acaba ovacionado e aplaudido... Como construir uma família em um mundo sem princípios, imediatista e pragmático, sem laços ou repleto de laços frouxos e ocasionais e de palavra dada e assinada, mas não cumprida? Como viver a cidadania num país onde partidos e políticos mudam ao sabor das verbas e dos possíveis votos?

*

Você leu tudo isso, e talvez já tenha se perguntado sobre a mãe ou o pai que deseja ser num mundo sem referências nem parâmetros e que, quando os tem, no mais das vezes, são parâmetros falsos e frágeis. Como ser melhor pai e mãe e educar melhores filhos para o futuro num mundo desesperadamente imediatista? Imediatismo começa pelas religiões, que trocaram a esperança do suave depois pelas certezas do Deus urgente, agora, já, e que até marcam hora para o milagre que Deus por certo operará naquele templo, onde se ora e já se sai de lá convertido e com o milagre na mão.

Urgentizaram a economia, urgentizaram Jesus, urgentizaram Maomé, urgentizaram Deus, urgentizaram os costumes, urgentizaram o mundo.

Histericamente voltado para o momento, incapaz de digerir a História, devora-a e depois a arrota. O mundo está comendo sem digerir, por isso o aumento de mentes confusas, da pressa, depressão, ansiedade e náuseas. Perdeu-se a capacidade de pensar, meditar e assimilar. Rejeita-se tudo que exija estudo, reflexão, leituras profundas e pensamentos. *O verbo agir sepultou o verbo refletir.* Tudo vem pronto: pacotes, cestas básicas, orações pré-mastigadas. Basta comprar e pôr no micro-ondas; basta comprar e vestir sem nenhum ajuste; basta orar e aderir sem nenhum questionamento: o vendedor é confiável, a estilista também. Se ela disse que o tom da estação é aquele, não se questiona mais...

O pregador é confiável. Se ele disse, deve ser isso que a Bíblia ou o Corão quiseram dizer... As pessoas não pensam de forma autônoma nem questionam: aderem, repetem, vestem. Morrem de medo de não estar inseridas no meio onde vivem. Ser visto e aceito tornou-se mais importante do que ser coerente e fiel à palavra dada.

Até mesmo em casamentos o pregador fala e o casal repete o que o pregador os manda repetir. Poderiam ler, mas preferem repetir. O pregador facilita, porque supermercados, igrejas e mídia são hoje facilitadores. É o momento mais importante daquelas duas vidas, e o casal repete o que o pregador diz, palavra por palavra. Medo de errar ou de pagar mico, por isso pagam o pregador...

*

Urgentizados e infantilizados, seguimos as palavras de ordem como crianças de pré-escola ou cordeiros mansos que ouvem a voz do chefe e da ideologia e a seguem sem questionar; que ouvem o governo aumentar impostos e obedecem sem questionar; que engolem o quinto aumento anual do remédio do avô sem reagir e ouvem pregadores puxarem orações, palavra por palavra, que repetem sem ler os livros fundamentais da própria Igreja – leitura que pede reflexão. Fazem como o adolescente que já poderia servir-se à mesa, mas pede à mãe que o faça...

O mundo ficou mais informado e menos refletido. Temos tudo ao alcance de algumas teclas e botões, mas a maioria das pessoas raramente aciona os neurônios. Pagam gente para pensar por elas. O horóscopo matinal alerta os de Áries ou de Gêmeos sobre o que fazer ou não naquele dia...

Nestes cinquenta anos, aumentou a informação, mas não a cultura. O conhecimento vulgarizou-se, mas não se aprofundou. Tem mais dados, mas sabe e pensa menos. No Brasil, os universitários admitem não ler mais que quatro livros por ano, além dos exigidos pelos professores. Qualquer coisa se resolve com www. Enfim, plantamos e colhemos menos e pagamos mais para comprar o que outros plantam e colhem. Privilegiamos a compra para não ter de cultivar. O argumento é o da falta de quintal... Mas teríamos lugar para estantes de livros e, se quiséssemos, arranjaríamos tempo para ler, pensar e meditar. Em vez disso, chegamos em casa e ligamos a televisão: alguém filtra para nós as notícias; alguém nos diverte com novelas e comédias ou algum filme de sexo e violência. Dia após dia, mês após mês, preenchemos assim nossas noites.

Com raras exceções, a sociedade parou de pensar. Venceu o *éthos* consumo/diversão e perdeu o *éthos* trabalho/repouso/reflexão. Apertar botões e controles remotos é mais fácil que tirar anotações de livros e pensar...

Se pais e filhos pretendem ser melhores, terão de aprender a fazer escolhas. E quem não se informa nem assume critérios escolhe mal! Vai à loja e compra o sapato e o vestido da moda, porque a vendedora o disse. Vai ao templo e ouve o pregador falar de demônio da diarreia e da unha encravada mas nem sequer se questiona se aquilo é disfunção ou demônio mesmo.

Essencializar

Sem clichês, sem viés e sem tangentes.

Comecemos por onde se começa. Na vida pode haver e há ênfases transversais e essenciais, ou de viés e de tangentes. O Papa Bento XVI, usando uma expressão de Romano Guardini, responde a Peter Seewald em *Deus e o mundo* – segundo volume da trilogia *Sal da terra*, *Deus e o mundo* e *Luz do mundo* – que, entre os católicos, deve se buscar a "essencialização". O mesmo dizem autores evangélicos como Karl Barth. Temos de descobrir a viga mestra da nossa vida e da doutrina, e saber o que passa e o que permanece. É o primeiro passo em direção à sabedoria.

Se o acidental receber destaque excessivo, que seja questionado. Não havendo o transversal, cai-se no viés. Nesse caso, cai-se no que o Vaticano, com o Papa João Paulo II, em 4 de junho de 2000, ao falar sobre a ética nos meios de comunicação, chamou de *Igreja light*. Sobre o mesmo assunto debruçam-se os autores cristãos não católicos Kevin DeYoung e Ted Kluck no livro *Não quero um pastor bacana,* ao analisar as implicações do que chamam Igreja emergente.

Infelizmente, há inúmeros pregadores religiosos que, falando às famílias, por mais esforço que façam, não conseguem sair do clichê, do viés e da tangente. O conhecimento deles é pequeno. Nem sempre por sua culpa; o fato é que, por falta de filosofia, sociologia, pedagogia e outras leituras, carecem da cultura do essencial. Sua proposta de um lar feliz carece de fundamentos sólidos. Enxurradas e ventos a levarão (Mateus 7, 25-27)*. Jesus foi ao ponto! Não são poucas as famílias que, perdendo a essência do amor que juraram ao pé do altar, ruíram por falta do essencial: alicerce e viga mestra.

O que os uniu? O que os une ainda? Se o alicerce e a viga mestra forem o prazer sexual, o que acontecerá quando, por alguma grave razão, ele diminuir ou tiver de esperar por meses e anos? Existem alegrias a dois, a cinco ou a sete numa família de pais, filhos e avós que são mais transversais do que as alegrias do leito conjugal? Qual das vigas que sustentam uma família seria a viga mestra? Que tipo de sapatas ou alicerces seguraria uma casa?

---

* *Bíblia Sagrada* (edição claretiana revisada). São Paulo: Editora Ave-Maria, 2010.

O outro que se chama eu

Se você não conhece a própria identidade,
quem o irá identificar?
Thomas Merton

O livro que praticamente me fez enveredar pelo caminho da teologia da libertação sem molduras marxistas e que fez de mim um escritor na linha da psicopedagogia e da psicologia positiva chama-se *Homem algum é uma ilha.* Foi um feliz reencontro com Thomas Merton a notícia de que o livro, cinquenta anos depois, recebia nova publicação no Brasil. É dele uma das joias que transcrevo a seguir:

> *Não pode você dizer-me quem eu sou, e eu não posso dizer-lhe quem você é. Se você não conhece a própria identidade, quem o irá identificar? Os outros podem dar-lhe um nome de um ou um número, mas não podem jamais dizer quem realmente é você. É coisa que só mesmo cada um pode descobrir interiormente.*

Descobrir o "eu" do outro é condição inadiável para descobrirmos o próprio "eu". Passa-se uma vida inteira para acertar as contas com o próprio eu. Mais difícil ainda é definir o "eu" dos outros. Não basta amar. Se bastasse, pais e filhos, marido e mulher não teriam tanta dificuldade de convivência. Amam-se, mas não se compreendem. Amar é querer aprender e compreender, mas não é necessariamente compreender. Ajuda, mas não é tudo. É por isso que amamos, mesmo sem compreender.

Quando descobrimos boa parte do nosso eu – o que pode já ter acontecido na juventude –, não precisamos nem devemos esperar até descobrir as outras partes de nós mesmos, para só então descobrir as dos outros. O pouco que sabemos sobre nós é suficiente para tentar descobrir o outro. Ele continuará nos auxiliando no aprendizado do nosso eu, e nós lhe ensinaremos como descobrir coisas a seu respeito.

Nunca descobrirei por mim mesmo a pessoa que sou, mas só eu poderei assumir essa realidade. O outro pode me ajudar a achar a fonte e o rio, mas beber ou não beber, nadar ou não nadar, depende de mim.

Só entenderei essas coisas se compreender por que o outro me chama de outro, ou de tu, e por que ele se chama de eu. Terei muito mais dificuldade de ser eu se não aceitar o "eu" dele. O "nós" só dá certo quando um "eu" respeita o outro! Do meu ponto de vista, no mundo há mais de sete bilhões de outros e apenas um eu: o meu. Quem tem de se adaptar ao mundo é o meu eu. Os outros sete bilhões contam muito mais. Saber disso é admitir nossa pequenez e ao mesmo tempo dar grandeza a nosso eu. Só é grande quem admite a grandeza dos outros.

Redescobrir o outro

O caminho para a paz passa pela valorização do outro.

No dicionário de Jesus a palavra "com" reveste-se de enorme importância. Quem não sabe *con*viver não sabe viver. Daí a importância dos *com*padres, das *com*adres, dos *con*temporâneos, da *com*unidade, da *com*unhão, dos *co*legas e *com*panheiros e dos que sabem viver juntos. Daí a importância da *com*preensão, da *com*paixão. *Juntos* é uma palavra mais do céu que da terra. Não há nada mais *dia*bólico do que agredir e diminuir a fé, a comunidade e a família do outro, só porque o outro não crê no que cremos. Pouca coisa é mais bonita que o *sim*bólico (o que une, o que busca junto, o que estabelece semelhanças)*.

O novo milênio, que já avançou uma década, terá de descobrir essa verdade: o caminho para a paz passa pela valorização do outro.

---

* Em grego, *dia* subentende transparência, intercâmbio, não apenas o "daqui" e o "de cá". O prefixo *sün* subentende a parceria, o que segue junto. Em português, a palavra "com" é o que com maior proximidade traduz estes conceitos.

Família em alta

Um bem que não se joga fora.

Os números e os fatos não me deixam mentir. Aumentou em dez vezes a quantidade de gente que escreve e canta sobre família; de religiões que se ocupam da família; de emissoras de rádio e televisão que se intitulam "a rádio da família"; de igrejas que se proclamam a Igreja da família; de cantores que se apresentam como cantores da família; de álbuns, revistas e livros que adotam o título "da família". O conceito de família está em alta. E há os jogadores de futebol que homenageiam filhos e esposas a cada gol, atores que proclamam que a família é tudo.

Numa só semana notei três restaurantes que adotam a frase "O restaurante da sua família". Lojas, oficinas, bares, praças, até pipoqueiros da família mostram que existe hoje uma necessidade de falar dessa comunidade tão agredida e vilipendiada. O mundo acordou para essa necessidade.

*

Quando compus a *Oração pela família*, em 1990, não imaginei que seria tão cantada no mundo inteiro. Achei-a extensa demais e pensei que seria boa apenas para ouvir; não seria fácil de decorar. Pois as pessoas decoraram-na e cantaram-na! Quem melhor sintetizou a questão foi uma professora aposentada que trabalhou mais de cinquenta anos com crianças e jovens. "Sua canção veio no tempo certo e do jeito certo. O que o mundo está precisando ouvir é que a família é um bem que não se joga fora", ela disse.

*

Uma das razões pelas quais vejo tanta gente assumindo a pregação sobre a família é mais do que óbvia. Não dá para elogiar a beleza ou a segurança de uma cidade na qual metade das casas foi mal construída ou já ruiu. Hoje em dia, em alguns países ricos e de belíssimas casas, de cada três lares um não deu certo. Se desejamos ter uma família e um lar, então que seja algo bem planejado, bem-amado, bem estruturado, bem perdoado e bem protegido. Família é para ser uma só. O que vem depois é sempre correção de rumo ou substituição para o que começou mal ou não deu certo. É como erguer a casa dos sonhos e, meses ou anos depois, ter de abandoná-la, porque houve um erro na construção.

É ainda pior quando alguém namora um mês ou vinte dias e se casa, sob os aplausos da mídia, que, às vezes, preza mais o espetáculo que o conteúdo moral do ato. Uma casa, às vezes, leva mais tempo para ser erguida do que certos casamentos. Há casamentos construídos depressa demais. O certo seria ir mais devagar com os sentimentos sem apressar demais o cimento. Até ele exige tempo para se consolidar...

Em geral, porém, família é como obra de arte: não se improvisa. Escolhe-se com cautela o material e se grava ou se talha com o maior cuidado. Se é para durar, não pode ser feita na base do "gostei e quero você para mim ainda esta semana". Não obstante é o que se ouve e se lê em revistas populares e programas de televisão.

*

É desalentadoramente alto o número de artistas, cantores, políticos e desportistas em segundas ou terceiras núpcias. Inteligentes e capazes, excelentes no que fazem, capacitados para conviver no campo, no partido ou no palco, para grande número deles é um desafio manter a vida a dois. Se pessoas altamente favorecidas pela vida, pela escola e pelo dinheiro acharam difícil perseverar na primeira união, o que dizer dos que não tiveram nem um décimo dessas chances?

Fico feliz por ver esse surto de cuidado com a família no Brasil de hoje. Em alguns casos, como o da banca de revistas repletas de nudez que curiosamente se intitula "banca da família", é puro marketing. Na maioria dos casos, no entanto, trata-se de algo sério, um desejo de que as coisas mudem. É bonito e deve ser elogiado!

Famílias Substantivas

A superficialização enfraqueceu o substantivo família.

A falta de essencialização tem superficializado a vida a dois. E a superficialidade enfraquece o substantivo, que passa a precisar, a cada dia, de mais adjetivação para dizer a que veio. Uma palavra que precisa de muitos adjetivos para ser compreendida pode ser densa, mas nem sempre chega ao destino... É seta sem direção. A palavra *Deus*, por exemplo, é densa, e não precisa de adjetivos; acabam redundantes. Mas há que se saber de que deus estamos falando. O deus demiurgo e pragmático que somos capazes de imaginar ou o Deus, com "d" maiúsculo, o único, que os povos buscam há séculos?

Na mesma esteira, a palavra *pessoa* anda perdendo a força numa sociedade que mais achata e massifica do que desenvolve personalidades. A verdade é que a palavra *família* tem se tornado um substantivo cada dia mais carente de substância e de substrato. Não admira que ande adjetivada a esmo com acréscimos que nada lhe acrescentam.

Encurralada pelo governo, que cobra quase 40% de impostos; pelos bancos, que inventam taxas absurdas; pelos bandidos, que sequestram, invadem, assaltam, roubam e matam, e contra quem a família precisa levantar muros altos, implantar neles cacos de vidro, cercas elétricas, alarmes e arame farpado, instalar portões eletrônicos e manter guardas em guaritas...

... perplexa com a invasão da internet e da mídia em geral, que nada mais respeita; de igrejas novas em busca de adeptos e conversões, com medo da violência internacional e nacional; inseguras quanto aos doentes e velhinhos num sistema de saúde sucateado; insatisfeita com a escola mal assistida e professores mal pagos; amedrontada com o crescente poder dos traficantes e o avanço das drogas, que levam filhos ainda adolescentes para o crime...

... assustada com os costumes ousados da juventude e da adolescência e, apesar da informação sobre o uso da camisinha e da pílula, com o aumento do número de mães adolescentes...

... inquieta com o aumento assustador de divórcios no país e da taxa de abortos e crimes contra a pessoa e contra o patrimônio...

... assustada com a perda de privacidade e a ousadia em canções, bancas de jornais, e com o nu e o erótico nas ruas e na televisão, *a família pede socorro.*

*

Quem poderá socorrê-la senão ela mesma, os educadores e os grupos de família que se unem para enchê-la de conceitos e motivações? Quem poderá ajudá-la a enfrentar uma sociedade que não a respeita e que vê seus membros como clientes, consumidores e números?

No caso de católicos e evangélicos, as igrejas têm uma catequese familiar que oferece respostas. Mas, para isso, os crentes dessas igrejas precisam conhecer a realidade das famílias com quem vivem e convivem. E, para conhecê-la, além de orar, precisam ver, ler e estudar. A família, hoje, depende da catequese para saber o que fazer num mundo que lhe tira a autoridade, a unidade e a liberdade. Saiba e lute por esses valores! Torne-se um defensor de pais e filhos! Seja um ponto de repercussão!

Família divina

Sabemos pouco sobre divindade...

Não gosto do verbo divinizar. Equivaleria a transformar o que não é divino em divino. Já é muito conseguir humanizar a família. Da outra parte, Deus cuida! Quem não crê em Deus suprime essa parte. Quem crê, a incorpora. Pensando no casal e em seus filhos, nunca dissociados, a Igreja na qual congrego propõe à família terrena o conceito de família divina: Deus é um ser e é três pessoas: Pai Santo, Filho Santo, e o que deles emana e vem é Espírito Santo.

Outras religiões terão as próprias concepções a respeito da unidade familiar. Mas, para todas, há o vínculo e a unidade. Nem mereceria o nome de religião aquela que ignorasse os mistérios da vida em família. Locomotivas interligadas, famílias são forças conjugadas, ainda que os filhos sejam apenas crianças. Mas há poder neles. Se homem e mulher amam, serão poder aglutinador. Se não amam nem se amam, serão poderes em conflito. Se a criança morrer ou perder o rumo por conta de um pai e uma mãe egocêntricos, a maldição cairá sobre o casal, que não levou em conta a outra parte da família. Serão trinta ou cinquenta anos de "poderiam ter sido, mas não foram".

*

É raro falar dessas coisas sem que um teólogo nos lembre de que o que foi dito ainda não é tudo. E não é mesmo! Como falar de uma realidade tão profunda como a da paternidade eterna, a filiação eterna e a ação eterna desse amor eterno sem cometer gafes nem equívocos? Como ousar comparar Deus a um ser humano, ou o Deus incomparável a uma família imperfeita, como é toda família? Como falar de relações divinas se sabemos tão pouco sobre Deus? Como querer acertar em tudo, quando não acertamos nem na análise das relações humanas? Se não entendemos o amor de marido e mulher e de pais e filhos, que permanecem um mistério, como entender o amor de Deus?

Não obstante, igrejas cristãs têm a ousadia de dizer que Deus é Pai, é Filho e é Espírito. Desse conceito deriva a noção de pai ou de filho proposta pelos cristãos. O mesmo dizem judeus e muçulmanos, embora usem outras terminologias. Mas a ideia é a de que o criador cuida e sabe o que é melhor para quem criou! Só divergem no conceito de Trindade, paternidade e filiação eterna. Os cristãos dizem que o Deus único concebeu e criou tudo, e continua recriando o que criou. Em outras palavras: semeou, regou e continua cultivando. Eis o mistério. Se Deus tudo pode e não quer o mal, como explicar o mal? Mais adiante falaremos sobre esse impasse.

*

Vamos errar sempre que quisermos dividir com canequinha e fita métrica espiritual a ação de Deus, garantindo que isso o Pai fez, aquilo o Filho e outra coisa fez o Espírito Santo. Na cabeça fica mais claro, mas não é assim com Deus. Jesus põe um fim a esse tipo de raciocínio quando diz que Pai e Filho são um só (Evangelho segundo São João 10, 30) e que quem conhece um conhece o outro, e que ambos enviam seu sopro santo, seu Espírito, que não é os dois, mas é um com os dois.

Isso dizem os cristãos, e já é demais para nossa cabeça. Não admira que muita gente busque doutrinas mais fáceis, que não auxiliam em nada na busca sincera da verdade. Explicações fáceis nem sempre são verdadeiras, embora fraseologias complicadas também escondam mentiras.

E então? Acreditar em quê? Num Deus que nos queria aqui e nos concebeu desde sempre, mas um dia nos plantou neste lugar e nos criou para o tempo? Mais que isso: em alguém que nos criou e prossegue nos gerando para a eternidade? Em resumo: somos frutos da família eterna chamada Trindade Santa, e estamos sendo educados dentro de todos os limites de uma família terrena para viver aqui no tempo, neste mundo, nesta era e nesta hora, e, depois, viver para sempre sem era, sem hora nem limites. Mas, enquanto aqui vivermos, é neste local que se decidirá o amanhã eterno dentro das famílias. Os pais da terra podem ajudar ou atrapalhar. Depende de como concebem e criam seus filhos.

Criar uma família

Crentes não se sentem família por acaso.

Teologias à parte, se você já leu alguns de meus escritos e não é crente, deve achar minha linguagem estranha, estapafúrdia até. Mas já deve ter percebido como bilhões de pessoas se fundamentam para viver sua noção de família. Crentes não se sentem família por acaso. Há um Criador que os preparou para serem guardiães da vida.

Se você crê, percebe a importância de viver em família e de se preparar para criar a sua. Para um jovem ou uma jovem feliz, família pode ser prêmio, graça e paz. Também para pais felizes. Dizia uma jovem evangélica a respeito do noivo católico:

– Educada numa igreja evangélica, eu pedia a Deus um marido evangélico para que fosse mais fácil servi-lo. Mas Deus me levou a amar um homem cristão e católico que me respeita, me admira e sonha em ter filhos comigo. De repente, descobri que a religião não atrapalha, desde que nos amemos e queiramos repetir em casa o que Deus já faz desde toda a eternidade.

E ele secundava:

– Eu também pedia uma esposa católica. Namorei várias meninas de missa dominical e pais piedosos. Não chegou a ser amor para uma vida. Deus me deu essa menina extraordinária. Acho que vamos nos dar bem, porque sonhamos uma família inspirada em Jesus. E nossas diferenças são pequenas diante do que descobrimos. Seremos bons pais e um bom casal. E estamos aprendendo, desde já, como administrar nossas convicções, semelhanças e igualdades. Se conseguirmos dialogar sobre a fé, conseguiremos dialogar sobre família, homem, mulher e filhos.

*

Chegaram ao essencial: estão concebendo uma família na humildade e no diálogo. Provavelmente, conceberão os filhos nesse mesmo diálogo. Estão perto do conceito de Deus Pai. Concebem, na ternura, o que pretendem criar. As Igrejas mais sérias e exigentes, que educam para a unidade, têm insistido nisso com frequência: primeiro um conceito claro; com ele, a concepção; com ela, a criação.

Toda a queima de etapa acaba em desajustes!

Deus vai além de criar

Deus mais assinala e aponta do que empurra.

Uma prática que se dissemina com frutos agradabilíssimos para a Igreja e para as famílias é a de os casais periodicamente reverem o relacionamento à luz do aprendizado permanente da paternidade. A escola do amor não acaba nunca. Ela e ele são eternas surpresas um para o outro. Dizia um casal numa dessas reflexões:

> *Os filhos são, todos e cada qual, uma caixinha de surpresas. Nunca sabemos o que vão dizer ou fazer. E, quando achamos que já sabíamos, eles vêm com outra linguagem e outra postura que aprenderam há quarenta dias e nem havíamos notado. Estamos sempre defasados com relação às pessoas que estamos criando. Nasceram de nós, mas fazem questão de mostrar, a cada passo, que não nos pertencem.*

Eis aí um conceito maduro de paternidade: Deus, segundo a maioria dos teólogos acentua, certamente não nos conduz nem empurra: ele assinala e aponta. Se conduzisse, fazendo por nós e segurando nossa mão o tempo todo, não haveria nem bandidos nem assassinos, mas também não haveria escolhas. Ele orienta, oferece ajuda e aponta caminhos, mas de nós depende o caminhar. Por isso é que diz a canção, muito bem escrita, aliás: "Segura na mão de Deus, pois ela te sustentará"!

O verbo é segurar. Cabe a nós pegar a corda que nos puxará para cima e segurar a mão que ajudará a atravessar a torrente. Há uma parte que depende de nós. Deus nos deixa livres. Nós é que devemos agir, porque Ele já se antecipou, mas não o fará em nosso lugar, assim como o pai não pode andar de bicicleta no lugar do menino... O filho jamais aprenderia! O garoto tem de achar o equilíbrio e aprender a tomar as decisões próprias de quem pedala, freia, decide e se mantém no selim.

*

Filho esperto e inteligente sabe que precisa do pai. Nem de mais, nem de menos. Deveríamos mais vezes orar o Pai-Nosso de braços abertos para o céu, como filho pequeno que pede o colo do Pai. Mas haverá uma hora em que teremos de segurar o guidão... Dependência tem limite. A última coisa que Deus desejaria é que dependêssemos dele de maneira absoluta. Para começo de conversa, não teríamos nem mesmo construído casas, cidades e hospitais. Entenderemos um pouco mais o mistério de ser filho quando compreendermos que fomos concebidos, desejados e estamos sendo criados para tomar iniciativas e assumir atitudes. Deus não fará tudo por nós. Não seria Criador se assim o fizesse...

Vergonha de ser humano

Ser humano e ser uma pessoa...

Quando viu o tratamento que davam a um cavalo no sítio do vizinho, Dora, de catorze anos, que gosta de animais, chorou e disse:

– Tenho vergonha do ser humano. São os piores animais do planeta.

A mãe reagiu e respondeu:

– Você não é ruim, e é um ser humano! É um lindo animal racional adolescente que ama os animais irracionais indefesos.

Dora enxugou a lágrima que lhe descia pelo rosto e, naquela mesma noite, a mãe aproveitou para, com o marido, passar à filha a noção de ser humano e de pessoa humana. Não basta o *id*. Há de existir controle do *ego* e do *superego*. Há de se tornar pessoa...

Sendo católicos do Catecismo da Igreja Católica (CIC), entre mais de cinquenta temas, pinçaram alguns verbetes para o termo *pessoa*: *homem e sociedade, constituição da pessoa, diferenças entre pessoas, dignidade da pessoa, identidade da pessoa, integridade da pessoa, homem e mulher como pessoas, pessoa capaz, pessoa imagem de Deus, respeito à pessoa, sexualidade e pessoa*. Eram temas mais que suficientes para dar à filha uma ideia do que é *ser e sentir-se pessoa*. Ela mesma tinha dado um exemplo naquela tarde do que era sentir-se pessoa: havia chorado ao ver uma vida maltratada.

*

Isso Dora havia entendido. Nascemos seres e humanos e vamos nos transformando em pessoas. Agora, faltava explicar a diferença entre ser *um ser* e ser *uma pessoa*, já que a árvore é um ser, mas não é uma pessoa. Aqueles homens tratavam o cavalo como coisa, mas ele era um animal, que é mais que uma pedra. Pedra é coisa; animal irracional é mais que coisa, embora não consiga ser pessoa ou humano. Pessoa é mais que coisa e mais que animal.

Pequenos grandes amores

Há o "grande amor" de uma vida e há os "pequenos grandes amores".

Se não parou para pensar, reflita comigo sobre os pequenos grandes amores da vida, porque a família é feita deles. Se houver só pequenos ou só grandes amores, sua essência se perderá. É a alternância entre eles, é o suceder das doses que equilibra o amor. Amor demais sufoca, amor de menos dói fundo.

Há o grande amor de uma vida e há os pequenos grandes amores. Homem e mulher encontram o grande amor, e, se de fato for o grande amor, ele gera diversos pequenos grandes amores. São, por exemplo, os pequenos grandes amores em família que dão sentido à espera da jovem mulher que ainda não encontrou seu grande amor.

Eu dizia isso, tempos atrás, a uma jovem de trinta anos que sofria terrivelmente de solidão. Tinha tudo para ser mãe, mas não encontrara o homem que quisesse ser seu marido e, além disso, ser pai. Não lhe bastava um companheiro. Queria um cúmplice para a vida. Eu lhe disse:

> *Há um núcleo de pequenos grandes amores que fecham o cerco ao nosso redor e impedem que a solidão, as somatizações, a ansiedade e a depressão nos dominem. Você os vai amando e eles vão amando você, enquanto o seu grande amor não vem. Vale dizer: enquanto você não encontra a sua alma*

gêmea, amor de pai e mãe, de avós, de irmãos e sobrinhos e de amigos e amigas vão preenchendo os espaços do seu coração de mulher que deseja um lar, um homem que divida a vida com você; e filhos que dividam com vocês o mesmo lar.

Quem não tem estes outros relacionamentos serenos, sofre muito mais a solidão do grande amor que não veio. Pequenos grandes amores estão na sua casa dando todo o colo e o carinho de que precisa até que o amor sonhado aconteça. Se não acontecer, são esses pequenos grandes amores que motivarão sua vida de mulher...

Ela ouviu atentamente e começou a contar nos dedos. Chegou a 35 pessoas que poderia considerar pequenos grandes amores. Com o pai e a mãe, avós, sobrinhos, amigos e amigas, e gente que se importa, mas não invade nem força, sua vida de jovem mulher era um caminhar sereno, ainda que sofrido. Os três rapazes que poderiam tê-la ajudado a construir um lar haviam desistido no meio do caminho. Sua beleza – era bonita e suave – não havia sido suficiente para eles. Estavam prontos para o corpo dela, mas não para sua cabeça. Pensavam em cama, e ela em berços, mesa de jantar, família em algazarra. Raramente pensamos nesses pequenos grandes amores, mas sem eles nenhum grande amor daria certo. Preparam e continuam a nutrir um coração, mesmo depois do grande encontro da pessoa certa.

Gosto de pensar que a vida nos prepara muitos antídotos, dos quais nem sempre nos damos conta. Mas, quando algo nos envenena, os pequenos grandes amores são esses grandes antídotos. Ulcerações gástricas, úlceras, depressão, lágrimas furtivas, coração pesado, desânimos e vazios diminuem, ou até acabam, quando nos damos conta do quanto somos amados. E daí se o tão sonhado grande amor não veio? Continuamos amados; muito amados!

*

Uma professora, meses atrás, dizia à filha de 29 anos ferida no âmago pelo ex-noivo, que preferira outra:

> *Doer, dói, e doerá. Mas não queira experimentar entre o melhor e o pior. É bem melhor não ter o grande e sonhado amor do que tê-lo e não poder desfrutá-lo porque diminuiu. Há perdas que libertam. Tente de novo. Enquanto isso, terá uns vinte pequenos grandes amores torcendo de novo por você. Sem eles, você estaria perdida. Com eles, um dia dá certo!*

Ninguém entenderá o grande amor se, primeiro, não tiver entendido os pequenos grandes amores chamados pai, mãe, irmãos, avô, avó, e amigos de cabeça e de sonhos.

O verbo casar é muito bonito, mas, se os dois não souberem acrescentar a ele os verbos amar, conviver, renunciar e perdoar, soará apenas como acasalar-se.
Acasalar-se é um ato animal e humano, mas amar, dialogar, perdoar, doar-se, encantar-se e aprender são atos matrimoniais de quem se entregou de verdade.
Um matrimônio depende muito do que sobrou daquela entrega diante do altar. Se a entrega foi pequena, o matrimônio será breve. Funcionará como vela malfeita e de pavio fino e frágil. Apagará ao primeiro vento que entrar pela janela!

Concebeu e criou

Concebidos e continuados...

Os humanos são frutos de alguma relação, seguida de alguma reação. Crescem às vezes proibidos, às vezes festejados e desejados, às vezes planejados, às vezes improvisados, mesmo depois da espera de nove meses. Somos concebidos, ou na alegria e nos prazeres de uma longa espera; alguns, no prazer de uma noite de loucura; outros, contra a vontade dos pais; alguns pela violência de um estupro; muitos, ainda, pelo dever sem alegria nem prazer algum.

Sexualidade é um fenômeno que, no ser humano, está ligado à afetividade; por isso é mais fácil de descrever do que de explicar. Sem o prazer sexual consentido, desejado e buscado não se criam filhos serenos; sem o prazer de criá-los não se faz uma família feliz. Ou os pais têm prazer em ver os filhos crescendo e vencendo etapas, ou os criam mal.

Nem todo filho malcriado foi criado mal. Mas muitos filhos malcriados são o que são porque, de fato, foram mal criados.

Homem e mulher são seres frágeis, gregários e chamados a se completar, mas nem todos se completam. E há milhões de homens que não se completam com mulher: preferem outro homem. Também há mulheres que não se completam com homem: preferem o aconchego de outra mulher. É realidade que milhões desejam sacramentar e da qual milhões discordam. O debate prosseguirá por séculos, porque, mesmo que os parlamentos sacramentem, haverá o confronto, que algumas vezes acabará em conflito. As sociedades não começam e muitas vezes não prosseguem tolerantes. Diga a lei o que quiser, as pessoas viverão de relações e de reações. Punidas ou não, reagirão com maior ou menor veemência a cada ato e a cada fato.

Nem mesmo quando geram filhos os casais se harmonizam. Se o filho não é a razão de ser de ambos, estarão juntos, mas sem um dos elos da vida a dois: o descendente. Sem concepção correta, que começa na mente dos dois e incide no encontro amoroso; sem a alegria da espera e sem a coragem de assumir os deveres, nenhuma família dá certo. Pior: nenhum filho cresce tranquilo. Sabem disso os casais separados, os juízes que prendem o marido que fugiu com outra e não paga o que deve. Sabe disso o ex-marido ou a ex-mulher diante do tribunal, por conta dos abandonos. Não obstante, prosseguem os abandonos...

Fazer-se pessoa

Tornar-se alguém que fez mais do que nascer.

Voltemos à história de Doralice: a aula prosseguia em meio aos questionamentos de Dora. Pessoa vem de *persona*; tem a ver com projeção e comunicação de si ou de outros valores que passam pelo indivíduo. *O ser humano nasceu para criar e repercutir. Sem repercussão não há História nem cultura.* Quanto menos repercute, menos culto e sábio é o sujeito. Quanto mais incapaz de transmitir o que vem dos outros e o que recebeu, tanto menos capaz de reflexão. A lua não tem luz própria, mas reflete noite após noite a luz que recebe.

*

Qualquer pessoa razoavelmente informada sabe o significado do termo *persona*. No teatro grego, a famosa máscara, de todos conhecida como máscara grega, ao mesmo tempo que ocultava o rosto do ator, tinha o objetivo de projetar sua voz. Pela voz, ele projetava personagens e conceitos que não eram dele, mas passavam por ele. Ao usar aquela *persona*, era portador de algo além de si. Falava do que acontecera, ou poderia acontecer.

Hoje ensina-se que nascemos humanos, mas pouco a pouco somos feitos pessoas, porque vamos assimilando mensagens e passando-as adiante do nosso jeito. Somos a vela que transmite a luz que recebeu de outra: receptores e transmissores.

Mais ainda: somos mensageiros. O ser humano que se faz pessoa faz-se mensagem viva. E passa mensagens dele e de outros. Quanto mais correto o conceito assimilado e transmitido, tanto mais "pessoa" alguém se torna, sendo o amor a mais profunda mensagem que se conhece. Tem até mais sentido do que a vida e a morte, porque dá sentido a ambas.

Quem renuncia ao chamado para ser ou portar-se como pessoa, quem não consegue assimilá-lo, quem se entrega ao instinto animal, permanece humano – porque é impossível alguém virar tigre, leão ou serpente –, mas desperdiça sua identidade. Agem assim o bandido, o ladrão, o assaltante, o traficante, o corrupto. Lembram o rio descontrolado, que não está em seu estado normal. É o mesmo rio, mas suas águas se descaracterizaram. Deixou de ser o rio que era, embora ainda seja rio. A pessoa é, por assim dizer, o ser humano canalizado, direcionado, potencializado, decantado, purificado, e tornado útil. Quem não consegue isso é como o rio que não cresceu nem se purificou; não acolheu direito a contribuição das outras águas.

Orgulho de ser alguém

Nunca digas que és um nada...

Foi debate acalorado. Direitos humanos, amor livre, sexo antes do casamento e liberdades. Aconteceu na casa dos Andradas. Afinal, estava nos jornais. Tainá e Helena, as filhas, livros na mesa da cozinha e anotações da internet, achavam ter dados suficientes para falar da pessoa humana, da masculina e da feminina, e do direito de escolher que vida levar, que roupa vestir e com quem sair.

Os pais, Celso e Doralene, tinham assunto suficiente, aprendido quarenta anos atrás, mas aceitaram ouvir as filhas. O que uma família de crentes, católica de berço, tem a dizer sobre esse assunto que a sociedade aceita como natural e a respeito do qual não mais ouve o púlpito? Até que ponto os jovens têm o direito de se deleitar nos prazeres da cama e do sofá sem se assumirem em casamento? Sexo é ou não é entrega de quem primeiro se deu?

A conversa enveredou pelo direito de ser pessoa e de seguir os impulsos, os instintos ou a razão. O que é um ser eterno? O que é um ser criado? O que é ser animal racional? O que é ser humano? O que é ser gente? O que é ser pessoa? Há diferenças?

As meninas não tinham mais fé num ser maior, por conseguinte não admitiam o amor maior. Suas ideias eram muito claras sobre os seres menores e o amor que vai acontecendo. Se não der, haverá outro... Ninguém saberá se ama se não experimentar a fundo... As ideias das igrejas estão lá no catecismo, em diversos verbetes. Sem Filosofia, Antropologia, História, Teologia, Sociologia e Psicologia fica difícil entender a proposta de um amor que espera a hora em vista de um amor maior. Mas, mesmo com tantos estudos dos cristãos, entre eles mesmos ainda existem divergências enormes na conceituação de sexo, entrega e matrimônio. O ser humano é tão misterioso que vai sempre haver diferenças de interpretação e de enfoque sobre a sua natureza.

Naquela noite os quatro progrediram. Rolou Filosofia e Teologia. Da internet, Tainá puxara Sócrates, Platão, Aristóteles, Plotino, Epicuro, Zenão, Tomás de Aquino, Freud, Jung, Lacan, Herbert Marcuse e centenas de conceitos sobre o amor humano. Os pais, que não eram muito de ler, gostaram da experiência. Mas a conclusão foi a de sempre: como família católica, precisavam desenvolver uma moral católica, fundada no respeito à pessoa humana como obra de Deus. Há de haver controle dos sentimentos e das entregas. De resto, autores ateus dizem o mesmo. A toda dessublimação corresponde uma ressublimação. Nem tudo é pecado, mas nem tudo que é permitido faz bem. Sem mergulhar na psicologia, que nos tempos de Paulo não existia como ciência, ele afirmava: Tudo me é permitido, mas nem tudo convém. Tudo me é permitido, mas eu não me deixarei dominar por coisa alguma (1 Coríntios 6, 12); Tudo me é permitido, mas nem tudo é oportuno. Tudo é permitido, mas nem tudo edifica (1 Coríntios 10, 23).

*

Quem leu *Eros e civilização,* de Herbert Marcuse, entenderá a mesma postura quando o autor aborda os temas gratificação e gratuidade. Não posso apenas pensar na minha vantagem. Nem libido nem Eros podem correr soltos. Não são um fim em si mesmo.

Entregas e relações

Longe do egoísmo que estraga a entrega...

O grande problema para milhões de casais é exatamente este: a entrega. É total? É para todo o sempre ou tem prazo de validade? E quando a vida a dois deixa de ser gratificante? E quando o sexo deixa de ser prazeroso? Entrega apenas parcial, do pescoço para baixo, ou entrega entre homem e mulher deve ser sempre total e sem reservas, para o que der e vier, até que a morte os separe? Alguém consegue viver esta *kênosis*?

Há um sexo que tranquiliza, suaviza, descansa, fortalece e realiza. As relações entre corpos suscitam reações de alma serenas, agradecidas e agradáveis. Há outro que fere, frustra, irrita, magoa, enche de culpa e angustia. Não parece entrega, não é entrega. É mais assalto do que mergulho no ser do outro. É planta que mirrou.

Milhões de famílias perderam o senso de plenitude. O casal está vazio; filhos, igualmente estão. Uma sociedade pragmática, imediatista e voltada ao garimpo de resultados "agora, já" coisificou pessoas e animais. Perdeu-se o rito de espera. Canonizou-se a antecipação. Não admira que tenha aumentado a porcentagem de meninas mães aos quinze anos e meninos pais aos dezessete. Não admira também que tenha aumentado de maneira inquietante o número de abortos de mães adolescentes. Sabem tudo sobre atos sexuais. Sabem pouco sobre sexualidade e entrega.

Milhões – e são milhões – tratam a vida como se tudo fosse óbvio. Às vezes dão mais valor à pedra rara do que à pessoa, que nasceu e morrerá rara e especial. Mas aí precisariam saber mais sobre DNA e, mais uma vez, sobre *persona.* Pedras preciosas só o são se tiverem consistência especial. O joalheiro põe nos olhos uma lente e sabe se aquele pedaço é ou não esmeralda. Um pedaço dela, por pequeno que seja, ainda é precioso.

Pessoa é mais. Ainda que lhe falte um membro, será inteira. Pode-se dar um pedaço de pedra preciosa para alguém, mas não faz sentido dar apenas parte de uma pessoa. *Ir para a cama sem ir para a vida a dois não soa correto para a maioria das sociedades, sejam elas conservadoras ou progressistas. Aqui os rótulos* avançado *ou* retrógrado *não se aplicam. São valores inegociáveis.*

No caso da família Andrada, as meninas tinham outras definições. Não haviam lido os mesmo livros, nem os mesmos filósofos... Moldaram seu pensar em outros ateliês. O orgulho de ser pessoa não tinha as mesmas fundamentações. Por isso, as entregas de pessoa tinham sido diferentes.

A mãe e o pai só haviam entregado os corpos depois da entrega de si. As filhas, não! Eram de um Brasil de 35 anos depois. Nesse período foram transmitidas muitas novelas, muitas entrevistas de rádio e televisão, diversas preleções na faculdade, e vários livros foram lidos e debatidos. Marcadas por tanta liberdade de escolha, não viam o sexo como entrega para sempre. Esta viria depois, um dia, com a pessoa definitiva! Entre o púlpito e a novela, os quatro haviam feito suas escolhas... Sabemos o que dizem os pregadores; sabemos o que escrevem os novelistas...

Gerar outra pessoa

Seu ventre ainda é um templo e deve ser por isso que vocês se contemplam. É que os dois se tornam santuário cada vez que desponta a possibilidade de uma vida nova.

Você já pensou em tudo isso, mas não custa refletir sob outro ângulo: sexo é, antes de tudo, alteridade! E é por isso que pessoas mais vividas desaconselham a masturbação. Por mais difícil que seja, nunca se deve canalizar a libido em direção a si mesmo. Também não quer dizer que se devam procurar prostitutas, michês ou vizinhos e vizinhas disponíveis na rua de cima... Cada qual deve buscar ambientes onde ache seu par. Os pássaros fazem isso. Por que não os humanos?

Não foi lá fora que a maioria dos casais de hoje se encontraram? No íntimo, sem pensar, buscavam um parceiro de procriação, até mesmo quando nem pensavam em ter filhos!

O modelo de mulher ou de homem que alguém tem na cabeça obedece mais que a simples critérios de estética. Há uma procura de vida que, às vezes, nenhum dos dois percebe. Na verdade, a sexualidade é mais que o exercício do sexo! É muito mais o exercício da busca por outro ser humano com quem dividir mais do que o prazer de uma noite. É a busca da outra pessoa que habita num corpo interessante e desejável. Mas a pessoa que é pessoa é ainda mais desejável do que seu corpo. Quem não consegue tornar-se pessoa trabalha apenas com o que tem de mais notável: a beleza física ou o vigor sexual: capitaliza no corpo. Vende a casca do coco, mas lá dentro não há água nem polpa. Secou!

Em outros casos, sabendo onde buscar, acha-se o conteúdo ao som de um simples toc-toc. Rapazes e garotas espertos percebem logo o que o outro tem além do corpo sarado. A sexualidade segue por esse trilho.

*

Milhões de humanos geram vidas. Mesmo quando não as geram, semeiam, implantam, cuidam e colhem. Multiplicam-nas para seu bem e para o bem de todos. Criam flores, frutas, árvores, cereais e animais de terra e de água para seu alimento ou serviço. A maioria dos humanos, porém, por chamado intrínseco, de certa maneira mais forte que eles, até os quarenta anos gera de uma a três vidas, acontecidas de semente e óvulo e do desejo de paternidade e maternidade. Querem se prolongar. As nuances de seu DNA não devem morrer com eles.

Encantamento e escolha

Amor supõe encantamento e ponderação. Se ficar só no encantamento será apenas paixão.

Na maioria dos humanos, sexo, mais do que impulso vital, é desejo, encantamento e escolha. Os humanos se unem sexualmente não apenas para procriar; não dependem de temporada e da chegada da primavera. A libido humana é também apetite e paladar, mas tem alteridade. O papel do casal é muito mais do que de macho e fêmea da espécie. Animais irracionais não são pessoas. Os racionais são, ou deveriam ser, e precisam de cumplicidade antes, durante e depois do acasalamento, para que este se torne encontro gerador.

Por isso, falamos de genitores, esposos, família: trata-se de vidas geradas e cuidadas por muito mais tempo que as das aves e de outros animais. Com raras exceções, como é o caso do elefante, cujo filhote depende da mãe por dezesseis anos, o ser humano demora mais para ser gestado e criado! Leva mais que vinte anos. Em alguns casos, quarenta, porque o filho não amadurece e não sai de casa! Acasala fora e vai comer no prato da mãe! Está pronto para acasalar, mas não para se casar! Mãe que gosta disso não entendeu o seu papel!

*

Diante do processo de reprodução, o humano em geral segue o desejo; às vezes, o impulso. Ora se controla, ora não. Há quem coma e beba demais, quem engula sem mastigar e quem coma qualquer coisa. Há quem faça sexo com qualquer um e sem a menor consideração pela pessoa com quem teve aquele prazer. Comem como se come o primeiro pastel da primeira cabana e na primeira curva. Não admira que, depois, não aguentem as consequências de um sexo mal assumido e mal digerido. Pode acontecer em qualquer casa e com qualquer pessoa. Os instintos incitam!

Os estímulos para a satisfação sexual estão por toda a parte; em alguns casos, mais onipresentes que os estímulos para beber e comer. *Outdoors* de algumas cidades apresentam mais moças e homens seminus do que produtos de consumo. Destaca-se o corpo sarado que inspire fantasias. Filmes sugerem ou mostram todo tipo de sexo possível. Por dinheiro, moças sadias aceitam participar de programas nos quais se salienta a própria nudez de maneira provocante. Muitas posam em bancas à vista de qualquer olhar e com nudez total, fazem-no por dinheiro e para promover a revista.

Sexo pode render sustento e fama, mas quem o vende trabalha com o que possui, e não com o que é. Negocia com algo que não lhe pertence, porque, se tiver alguma infecção, vai ter de depender de outros. Nem cuidar de si próprio seria capaz. Contudo, sabe vendê-lo! Oferece mais do que encantamento; é convite para um prazer que põe o corpo ao alcance de milhares de olhos, mas sem compromisso. Não há ajuda nem apoio mútuo. Até para uma simples cerveja salientam-se mulheres jovens, corpos eroticamente posicionados, que convidam ao sexo, ao prazer e à conquista. Sexo vende!

Não é o momento do sexo e sim a urgência que afasta as pessoas do conceito. Sexo urgente é quase sempre sexo pouco exigente.

O conceito de sexualidade humana não é, primeiro, o de prazer com quem quer que seja e, sim, o de alguém com alguém, por alguém e para alguém, com a finalidade implícita de gerar e cuidar de outro alguém. O verbo anexo a sexo é *cuidar*, e não *desfrutar*. É alteridade do começo ao fim. Não é momento fugaz nem mergulho ocasional no corpo alheio, como se mergulha num rio cujas águas passam. Molhou, molhou; não molhou, não molha mais. Outras águas o farão...

*

O grande mistério da sexualidade humana não está no agora, mas no todo, com antes, durante e depois! Entende isso o casal que envelheceu junto, gerou vidas e cujo corpo se modificou com o passar dos anos. Os prazeres da vida a dois tomaram outras dimensões. O tempo dos intensos prazeres sexuais cedeu lugar a outros intensos prazeres, e o sexo tomou dimensões mais do que estéticas. São o mesmo homem e a mesma mulher encantados, que tiveram momentos de êxtase matrimonial, mas que, depois, viveram outros êxtases e outras dores, mas os viveram juntos! Descobriram que o mistério da sexualidade estava no "juntos", na "cumplicidade", mais do que na magia de corpos em festa. Transcenderam ao corpo, e, por isso, a sexualidade foi tão duradoura e tão fecunda.

Não acontece o mesmo com quem faz sexo quando tem apetite, e o faz como quem come apenas a parte da qual mais gosta. Devora o chantili e despreza o bolo; devora a carne e despreza os cereais; engole o frango a grandes nacos e joga fora os temperos e a verdura. Quando se é jovem digere-se bem, mas, não demora, a pessoa sentirá que não consegue mais comer como comia, ou porque perdeu o apetite e a capacidade de assimilar, ou porque descobriu novos pratos no restaurante ao lado... Se tivesse aprendido a mastigar, assimilar e digerir, iria bem mais longe na cozinha da própria casa...

Carinho, carícias e renúncias

Há carinhos sem carícia e há carícias sem carinho...

De maneira geral, a vida humana é fruto de carinho, ao menos nos dias da concepção. Os casais satisfazem-se com uma ou duas novas vidas. Gerar mais de três, nos dias de hoje, é algo excepcional. Isso porque cuidar de humanos ficou difícil e dispendioso. Quanto maior o progresso, maior o custo de manutenção da vida! Antes, embora fosse mais difícil e escasseassem os recursos, a vida custava menos. Hoje, quando sobram chances e recursos, criar um ser humano custa mais. Vive-se mais, mas paga-se mais caro. Os remédios para pressão alta e diabetes que tomo aos setenta anos de idade custam-me trezentos reais por mês – o bastante para uma cesta básica de alimentos. Deve ser por isso que, quando alguém da minha idade vai a uma farmácia comprar "losartana potássica", dizem que há só uma caixinha. Se eu voltar na mesma tarde e for atendido por outro balconista, acharei outra. Se outro idoso vier dez minutos depois de mim, achará sua caixinha, mas só uma... Desconfio de que queiram que os velhos voltem mais vezes à farmácia, porque os melhores fregueses de hospitais e farmácias somos nós que chegamos aos setenta... Damos lucro! Querem que voltemos logo. Vai que a gente precise de outros comprimidos! Chamam a isso de *melhor idade*. Para hospitais e farmácias, não resta dúvida de que é... Imaginem uma família com um enfermo, dois idosos e duas crianças! A vida ficou bem mais cara!

*

Mas voltemos ao assunto geral... Dizem os pais que seus amados valem a pena, embora custem caro. A indústria e o comércio, sabendo que, além dos anciãos, os filhos são um bem indispensável, encareceram a vida da família. O preço de uma criança tornou-se absurdamente político. Como criança ou adolescente consome sem produzir e é mais sujeito aos convites do consumo, é difícil os pais resistirem aos desejos de seus frutos.

Há meio século não se gastava 80% do que hoje se gasta com uma criança ou um adolescente. Custa cada dia mais caro ser pai e mãe. E isso responde à pergunta sobre ter apenas dois filhos singificar comodismo ou sobrevivência com dignidade. Nada justifica o aborto, mas o controle da natalidade por meios aceitos pela Igreja faz sentido. Para católicos e para algumas igrejas cristãs, a sexualidade é bem mais difícil de se viver, porque o conceito cristão de vida estabelece limites.

Quando o pregador de uma nova igreja, para atrair adeptos, afirma que, no caso deles, pragmaticamente admite o planejamento de filhos por pílula e camisinha ou instrumentos anticoncepcionais e, em casos extremos, até o aborto, é de se perguntar que partes da Bíblia ele anda lendo. Os textos? É sempre fácil achar algum que justifique a nova moral. Não há texto na Bíblia que não sirva para alguma coisa. Basta interpretá-lo do nosso jeito!

*

Há partes da Bíblia em que até se faz apologia do assassinato em massa e do extermínio de inimigos. Lembremos que ele foi registrado por várias gerações, às vezes com diferença de 1500 anos. Há outras em que se pune o homem que desperdiçou suas sementes. A mesma Bíblia que condena Onan (Gênesis 38, 9) por desperdiçar seu sêmen permitiria o aborto?

Seria apenas questão de cultura local e de tempo ou o sêmen masculino e o óvulo feminino, a vida de um feto pequeno e indefeso, não importa em que época, sempre foram preciosos aos olhos de Deus? O que ensina a religião sobre os pequeninos e seus direitos? Houve diferença cultural entre os gregos e os judeus na questão do feto e dos filhos? O que diz a Bíblia sobre os *pene*, os *goel* e os *ptochói*, isto é: os últimos dos últimos? É diferente o que pensavam hebreus e gregos? E o que dizia Jesus? Não há cristão que não saiba que ele defendeu a vida e as crianças com veemência, a ponto de dizer que quem as desrespeitasse merecia ter mó de moinho amarrada ao pescoço e ser jogado ao fundo do mar (Marcos 9, 42). Não temos de gerar crianças, mas devemos ajudar a educá-las.

O processo de reprodução nos seres humanos recebe frequentes estímulos da libido, da mesma maneira que hoje o processo de alimentação é estimulado pelo que vemos e pelo que há em oferta nas lojas e nas mesas. Quem não se vigia come mais do que deve e serve-se de alimentos que não lhe convêm. O apetite é algo bom, mas, quando se descontrola, produz enfermidade. Temos de saber o que levamos à boca! Não é diferente o processo da libido. Para os humanos é muito mais do que cio e desejo de acasalamento. É opção pela vida!

Não temos de nos reproduzir. Mas, se quisermos, devemos fazer escolhas. Não pode ser com qualquer pessoa, em qualquer época, numa noite qualquer, num canto qualquer. Há de haver vínculos e convém que seja com alguém estável e confiável.

Entre a cama e o passeio a dois

Passear juntos é tão importante quanto dormir juntos.

O casal inteligente sabe que, às vezes, passear juntos produz mais prazer e sentimento do que passar uma tarde na cama. Se a cama não leva ao passeio, também não leva muito longe. O passeio, além de levar longe por causa do "juntos", quando passa pelo leito, tem fôlego suficiente para passar também pelos anos à frente, porque virão tempestades e tormentas, mas a certeza do "juntos" supera qualquer perigo à vista.

O leito não é nem nunca foi certeza. Foi nele que casais assassinaram milhões de amores. Alguém devorou o outro sem partilhar. Usou e jogou fora!

Certeza é outra coisa: é afeto continuado que, de resto, às vezes nem precisa de palavras. Um toque de dedos, um olhar é o que basta! Aí, então, o leito se torna prêmio, mais do que conquista ou vitória. O casal descobriu a alteridade! Foi muito mais longe do que gerar outra vida: gerou uma nova dimensão do existir a dois. E só os dois sabem como aconteceu.

Essas coisas não estão em livros, mas podem ser vislumbradas em manuais de psicologia positiva. Livros apontam para o mistério, mas não o revelam. Porém, quem o viveu sabe como, quando e por quê. Ressignificou a própria vida!

Enfim, o sucesso...

Seu sucesso foi sua paz...

Não deram certo os dois casamentos. Um aos 23 e outro aos 31...

Mas segurou as cinco firmas que fundou,
segurou as dez casas comerciais que espalhou pelo Estado,
segurou seus mais de três mil funcionários.
Na vida empresarial, foi um sucesso!
Na vida afetiva, sofreu quatro pequenos e dois grandes reveses.
Dois filhos brigaram com ele por causa das firmas.
A filha se casou com um rapaz que odiava trabalho,
mas adorava dinheiro fácil.
Os dois irmãos e sócios romperam com ele.
A família lhe custou mais caro do que o governo e os
3.400 empregados... Adoeceu gravemente do coração.
A primeira esposa nem sequer o visitou.

Tão logo se recuperou, a segunda esposa, trinta anos mais jovem, pediu o divórcio.

Só seis anos mais tarde uniu-se em matrimônio civil com outra mulher, cinco anos mais jovem, coincidentemente sua primeira namorada dos tempos de colégio. Ela enviuvara. Viveram oito anos de paz. Ele morreu nos braços dela.

Dois dias antes de morrer, exclamou:

– Você foi meu primeiro e único amor. Teria sido bem mais feliz se tivesse casado com você, que não me forçou ao casamento, não quis meu dinheiro, não pensou em sucesso. Meu sucesso foi seu amor. Seu sucesso foi sua paz...

O perdão essencial

Perdoar é um dos verbos mais difíceis do viver.

Este é um tema salvífico. Funciona como salvaguarda de qualquer união. Casal que se perdoou essencialmente, viverá feliz. Casal que se perdoou apenas superficialmente e não foi ao essencial remoerá o passado sempre que aparecer algum conflito. Ou se perdoa, ou não se chame de perdão o arranjo nomeado "vida a dois". Conto uma história e os leitores concluam.

*

Ele, R. H., viera de dois outros relacionamentos que não duraram, um dos quais com filho. Além disso, tinha tido nove casos passageiros com moças do seu tempo e da sua faculdade. Não era incomum nos anos 1970 e não o é hoje. Jean Baudrillard chama de "era pós-orgia" esse comportamento somado a outros tempos libertários. O sujeito faz o que tem vontade por sentir-se o único dono do próprio nariz, para descobrir que todo nariz tem ou terá outro dono e outra dona. *É que o nariz manda bem menos do que o coração. E este, quando ama, descobre que não pode ir a toda parte para onde o nariz aponta...*

Deu-se o mesmo com ela, D. M. teve menos casos, mas gostara imensamente de um colega de trabalho, J. P., com quem tivera intimidade. O namoro não progrediu, mas o respeito ficou. Ele se casou com outra e formou uma família feliz. Ela estava feliz com o marido, aquele dos dois casos longos e nove casos passageiros.

Um dia, R. H. a viu dar um abraço prolongado num casal. Não haveria problema se o homem não fosse o J. P., aquele amigo com quem o namoro não progredira. O ciúme bateu. Ficou amuado por três dias e não dizia por quê. Ela, com jeitinho de mulher esperta e serena, acabou arrancando a confissão. Então era isso: ele achava que, por ela ter tido no passado intimidade com aquele amigo, em tempo em que não definira sua vida, haveria o risco de voltar àquela relação. Só porque em alguns casos há retornos e retrocessos, toda mulher que teve alguém no passado estaria vulnerável a esse passado? Não poderia haver gratidão e amizade suficientes para ambos, ou teria ela que romper totalmente? Ela o desafiou a provar que fizera o mesmo com os nove casos passageiros e os dois mais estáveis que tivera. Quando ia lá ver o filho da primeira união, que nunca se tornara casamento, ele tinha algum caso com ela, ou o atual marido dela confiava na esposa?

Mais dois dias, e ele pediu perdão. Ela o perdoara totalmente pelo seu antes. Cabia a ele fazer o mesmo. Fez. *E concluíram que os humanos são perdoáveis, mas para serem perdoados precisam também conceder o perdão.* Se a cada abraço ou afeto dele ou dela houver medo de ruptura, alguém não estará seguro de seu perdão essencial.

Traições graves há, mas nem todo afeto por alguém de ontem será descontrolado. As pessoas amadurecem. Quando alguém confunde um beijo no rosto ou na testa como ameaça de algo mais, é bom que consulte sua cabeça: anda confundindo as coisas. Apesar de tudo o que se vê na mídia, nem tudo leva ao sexo. Não entre pessoas maduras, que já provaram que sabem quem querem e o que querem, e de quem querem...

Os ângulos da vida

Existem ângulos que ampliam e
ângulos que diminuem a visão.

Não sei o gosto que você sente quando come uma barra de chocolate suíço. Sei o que sinto, mas pode ser que suas papilas não registrem o mesmo sabor que as minhas. Há pessoas que não suportam água tônica, peixe ou vinho, e há outras que se deliciam com essas iguarias. E daí? São menos dignas de respeito por isso? Conhecedores de vinho desprezarão o novo hóspede porque ele não sabe com que peixe combinar aquela taça de vinho francês?

As pessoas não têm a mesma percepção da vida, dos sabores, das cores e das formas. Algumas comungam dos mesmos sentimentos, das mesmas percepções, e as interpretam da mesma forma; outras, não! *Não faz sentido exigir que todo mundo sinta o que sentimos e goste do que gostamos. O insensato impõe seu gosto e sua crença. O sábio pensa junto e respeita.*

*

Cabe à família educar os filhos para que respeitem o outro e seu jeito de apreciar e de saborear a vida. Dois rapazes no interior de São Paulo, numa festa de rodeio, quase mataram um homem e um rapaz da idade deles porque se abraçavam e trocavam carinho. Mais tarde, descobriram que se tratava de um pai que, separado da esposa, pouco via o filho. Haviam concluído que era afeto gay. Julgaram o gosto e o afeto alheio e agiram como guardiães da moralidade, espancando e quase matando dois "machos" que se abraçavam. Faltou alguma coisa naquelas cabeças.

Do seu ângulo de vida, desde que ame e respeite os outros, meu vizinho tem o direito de ver e sentir outras coisas e cores, e gostar de outros sabores. Como vou lhe dizer que está errado por preferir uma rosa a uma açucena? O conceito de beleza que ele tem não bate com o meu, mas isso não faz dele um irmão errado! Posso até discordar, mas não posso agredir.

Infelizmente é isso que temos feito. Privilegiamos a uniformidade e a conformidade. Adoramos nivelar, massificar e equalizar. Deus faz o barro e a pedreira, mas nós fabricamos tijolos e paralelepípedos; em geral, iguais. Achamos bonito igualar. Deus é muito menos quadrado e enquadrador, e muito mais criativo. Ele entende e permite a visão a partir de vários ângulos. Nós, infelizmente, declaramos que nosso ângulo é o único, ou, se não é, deveria ser. Fazemos de tudo para impô-lo aos outros. E ainda chamamos isso de fé...

Felizmente, a verdade é maior do que todos os pregadores juntos e somados! *Deve ser por isso que os púlpitos são quase sempre um dos menores lugares dos templos. Ajudam o pregador a não se esquecer que seu ângulo mostra muita coisa, mas é pequeno.* No mesmo templo há pessoas que enxergam mais que ele. Ele pode ser quem mais grita, mas não necessariamente quem mais sabe ou mais enxerga!

Pregadores humildes andam escassos. Têm confundido marketing com verdade e gritaria com conteúdo e convicção. Isso vai mudar, mas até lá muitas igrejas terão sido fundadas na base do microfone mais ágil e do púlpito mais estrepitoso. Se duvida, ligue o rádio depois das dez da noite e a televisão depois da meia-noite... Sua família pode fazer melhor que isso!

Quanto vocês acham que valem?

Ninguém é avalista isento de si mesmo...

Traduzindo o Evangelho em miúdos, foi mais ou menos isso que Jesus sugeriu quando perguntou: *De que adianta uma pessoa ganhar o mundo inteiro se, ao fim e ao cabo, perde sua razão de viver? Quanto vocês acham que valem? Que preço pagariam por sua vida?* (Mateus 16, 24-28)

Era Jesus, pregando Filosofia e Teologia. Suas perguntas têm imensas implicações. Vão ao cerne do viver humano. Num mundo que vê as pessoas se vendendo por grandes somas ou por novas oportunidades; que vê gigantescas infidelidades, descumprimento de promessas, trocas de família por motivos banais, as perguntas de Jesus caem como um raio nas cabeças pensantes. Quanto você acha que vale? Que preço você põe na sua família? Vocês se venderiam por quanto?

Não é pergunta que se responda de maneira superficial. Não num mundo onde há milhões de pessoas que se vendem por duzentos reais!

Corpos feridos

A pessoa que leva o corpo deveria ser maior do que o corpo que a leva.

Ele tinha um problema na perna. Jogava-a para o lado e para a frente para poder andar. Mas andava. Depois do aneurisma, reaprendeu a andar para reaprender a viver. Passou sereno por mim, naquela alegria de pessoa que venceu na vida. Vencera a dor. Pensei nos milhares de homens, mulheres e crianças que carregam no corpo alguma dor. Ouvidos, olhos, diabetes, braços, mãos, pés, pernas, estômago, rins, pulmão... algo não funciona. Então eles se armam de teimosia e dominam o corpo, que tenta dominá-los.

São pessoas lindas e fortes. Como velas quebradas, provam que se pode emitir a mesma luz que as velas inteiras, porque sua luz não vem de fora, mas de dentro. Não sei o que seria do mundo sem eles. Seria, certamente, um mundo mais fraco, mais insensível e mais triste. Aquelas pernas e aqueles olhos atingidos pela doença continuam úteis. Mostram que o ser humano é mais do que aquela máquina chamada corpo. A pessoa que leva o corpo é maior do que o corpo que a leva!

De formigas e de gente

Formigas espertas nunca levam folhas inteiras...

Eram 18h13 de uma quarta-feira. Na alameda por onde eu caminhava passava também uma pequena formiga carregando um enorme pedaço de folha seca. Evidentemente, calculara mal. Não conseguia levá-la. Sou daqueles que meditam sobre os mistérios do céu e da terra, tentando tirar lições de toda e qualquer vida que possa ensinar-me alguma coisa. Tomei tempo e fiquei a observá-la. Ela caiu umas vinte vezes. Havia ventos contrários demais para a pobrezinha. Rodava em círculos. Parecia procurar ajuda. A meu ver, estava perdida, assustada, cansada, confusa. Talvez fosse uma formiga capitalista... Para minha lógica de humano, era mais um ser que abocanhara mais do que deveria e poderia levar.

Não deu outra! Olhei de longe para não atrapalhar. Uns dez minutos depois, ela abandonou a folha num determinado lugar, acelerou a marcha, livre do pesado fardo, e foi em linha reta numa direção, que agora parecia conhecer. Fui atrás, de longe. Trinta metros adiante, lá estava a carreira de formigas, cada uma com seu fardo, nenhum deles tão grande como o dela... Na minha lógica de humano, pensei que fora buscar reforço. Pareceu confidenciar com duas delas, também sem fardos. Cheguei a pensar que viriam ajudá-la. Qual nada! Ela entrou na fila e desapareceu no formigueiro sem o fardo.

As perguntas me vieram à cabeça. Por que todo aquele esforço? Por que uma folha dez vezes maior que ela? Por que havia deixado a folha? Por que fora procurar as amigas? Por que voltara sem nada? Por que desistira? Será que voltaria para buscar a folha num outro momento? Desanimara para sempre? Acho que jamais saberei as respostas. Talvez sejam perguntas tolas... Nem tanto! Considerando a vida de milhões de pessoas, encontro enorme semelhança.

*

Milhões de humanos também buscam por conta própria fardos enormes, empréstimos, amores e relacionamentos que depois não conseguem levar adiante, e abandonam tudo, sem dar a mínima aos envolvidos. Não tenho o direito de julgar ninguém, mas a verdade é que muita gente abocanha mais do que pode, faz um forrobodó para ter o que quer, para mais tarde descobrir que foi demais para sua capacidade. Zanzam, machucam-se e sofrem como aquela formiga, e quando não dá, não dá! Partem para outra, com a famosa frase: "Não me arrependo de nada do que fiz"... Pois é...

O que houve com aquela formiga eu não sei. Também não sei o que se passa num coração que se cansou. O Deus que criou as formigas e os humanos sabe. Formigas e humanos se parecem mais do que a gente pensa!

Alienar e alienar-se

Nem todo aquele que se aliena é um alienado.

Alienar pode ser bom. Você aliena o apartamento para conseguir um empréstimo vultoso, ou para conseguir uma chácara. Férias podem ser uma saudável alienação. Sua atenção se desvia por um tempo dos negócios e da firma. Mas, por alienar-se de mais ou de menos, muitos homens ou mulheres arruinaram seu casamento. Vamos e venhamos, nem toda esposa aceita que, na hora da intimidade, seu marido decida por telefone uma compra para a firma. Quem não tira a cabeça do escritório pode perder o coração da esposa e dos filhos. E não adianta dizer que faz isso por eles. Não faz. E, se o faz, está fazendo errado.

Ninguém lê um livro com o nariz em cima das letras, nem mesmo o deficiente visual. Este prefere uma lupa. Há de haver uma distância saudável se pretendemos ler um livro, uma firma ou a própria família. Nem perto e agarrado demais, nem distante demais. Têm razão as esposas que reclamam do marido que ouve sem ouvir e que, de tanto pensar no que faz lá fora pela família, esquece o que fazer em casa pela mulher e pelos filhos.

Já toquei no assunto. É impressionante o número de políticos e artistas em segundas ou terceiras uniões. São pessoas boas, de fino trato e sucesso. Não terá sido a distância, mal calculada por conta da profissão, que gerou os conflitos que terminaram em divórcio?

Há profissões que mais separam do que unem. Se a pessoa não souber pôr a família em primeiro lugar, a perderá. É que, se lá fora a competição é dura, em casa também é. Os filhos e o cônjuge que fica mais em casa costumam competir com a empresa e a carreira. Um dos dois empreendimentos se perderá. Quando a escolha se torna difícil demais, é sinal de que a família está mal avaliada.

Alienar-se no mau sentido é péssimo. No bom sentido é salutar. Procure ajuda se não está sabendo achar tempo para a pessoa a quem você declarou amor eterno. Se ela não vier primeiro, o resto, se vier, virá para ferir.

Comprometer-se

Comprometer-se é mais do que prometer...

Comprometer é verbo fundamental de qualquer família ou fé que se preze. Nenhuma religião séria ensina a crer por crer, nem recorre a constantes truques de marketing e de espetáculo da fé para angariar adeptos. Ou se firma pelo conteúdo, ou seus palácios de cristal com lagos e riachos no meio acabarão à venda trinta anos depois, porque o pregador que atraía ouvintes morreu. Iam lá por causa de seus discursos e dos efeitos luminosos. Não era a mensagem de uma igreja e, sim, a de uma pessoa. O mensageiro era maior do que a mensagem.

Também nas famílias, quando as pessoas fortes são pai e mãe, mas a família não é, a morte dos dois acarreta a dissolução do clã...

Nenhuma família vive de amar por amar. Fé e amor têm sequência e consequência. Deus não nos chama para sermos apenas torcida em estádio de futebol; a função do torcedor é ficar lá na arquibancada, fora do campo, incentivando os jogadores ou reclamando quando jogam mal. Espera aqueles que jogam em seu lugar conseguirem a vitória. Mas o torcedor não faz outra coisa senão gritar e torcer.

A religião pode até ter torcedores, mas com a fé é diferente. As pessoas devem descer da arquibancada e ir a campo jogar, porque todo mundo tem de fazer a sua parte quando se trata de religião de atitudes. E todas pretendem sê-lo. O dito de Jesus em Lucas

(10, 37) vale para qualquer escola ou religião: "Vai, e faze tu o mesmo...". O verbo *crer* subentende o verbo *fazer* (pelos outros).

Não dá para ficar em casa, torcendo para que o vizinho dê pão para um pobre. Você também não pode ficar torcendo na sua casa para que todos os necessitados encontrem prefeitura ou hospital que cuide deles. Se uma pessoa enferma bater à sua porta, você vai ter de fazer alguma coisa além de torcer para que ela consiga ajuda. Mesmo que não dê toda a ajuda da qual ela precisa, você deverá fazer algo. Torcer e ficar na arquibancada é uma coisa; entrar em campo é outra.

Existem as religiões que mais arrecadam do que ensinam, e as que mentem sobre os números por questão de marketing. Mas nas religiões sérias todo mundo tem de se comprometer: além de prometer, deve-se ir lá e agir como se prometeu. Quem só fala não vai entrar no Reino dos Céus; foi Jesus quem disse: "Nem todo aquele que me diz: Senhor, Senhor, entrará no Reino dos Céus" (Mateus 7, 21). Criticava a religião blá-blá-blá, ou a religião ora-ora-ora... Propunha a religião ore-vá-e-ajude! Foi ele quem disse que um copo d'água dado de bom coração em seu nome não ficará sem recompensa.

Ensine isso a seu filho: quem crê, faz pelos outros.

A família ressignificada

Ressublimar o que foi dessublimado.

Quem ouviu falar em sublimação, dessublimação e ressublimação talvez entenda os que hoje falam da família ressignificada. A palavra pode parecer erudita e cheia de nuances, mas o sentido é fácil de perceber. Onde se sublimou demais é preciso dessublimar para que a pessoa sinta o alcance daquele conceito; onde se dessublimou demais é preciso ressublimar; e onde se dessacralizou e se jogou fora o conceito e o significado é preciso devolver conceito e significado.

Foi o caso da família Kyrios. Pai e mãe, depois de alguns anos distantes um do outro e dos filhos por conta de conflitos que pareciam insanáveis, acabaram, por caminhos imprevistos, ela num leito de hospital, ele assaltado e sequestrado por doze dias e os dois filhos na droga, numa depressão incontornável.

Um anjo de ternura, a irmã da mãe dessa família costurou aquelas vidas com sua solidariedade. Era sólida como mulher e como parente. Cuidou de cada qual e de todos. O amor por ela cresceu. Sua palavra tinha peso. Os rapazes a "adoravam". Aos poucos, os carinhos de dona Heberly deram novo significado à vida da irmã, dos sobrinhos e do cunhado. Ela primeiro ressignificou cada vida mostrando algo mais e alguém mais, sem nunca pressioná-los à fé. Seria escolha deles. Mas teriam que primeiro crer em afeto, em amor e nos outros. Ela foi esse outro na hora certa, do jeito certo e para a pessoa certa. Nós católicos chamamos tais pessoas de iluminadas e santas. São vidas marcadas com o selo da caridade.

Seis anos depois, lá estavam: o casal outra vez em diálogo e os filhos reajustados e tranquilos. Um dos rapazes aderiu à fé numa igreja ortodoxa, o casal na católica, e o outro filho admirava-os e dizia estar procurando seu lugar. Nada de melosidade ou de religião demais. Quem ressignifica sua vida dá às coisas e ao espírito a justa dimensão. Não exagera em nenhum aspecto da vida. Não adere ao funil. Abre-se em leque. A família ressignificada passa pela reflexão e pela aceitação, ressublima o que dessublimou e vive entre o cotidiano e o sublime. Pé na terra e cabeça e visão de pessoa e de vida mais elevadas. Enfim, não vulgariza.

Sexo e altruísmo

Sexo sem altruísmo acaba em desrespeito.

Quem considera o casamento um sinal do céu, canalização e superação do instinto, jamais poderia ser contra o sexo. O que se condena é o egoísmo que às vezes acontece nas relações sexuais, na qual um desfruta do outro sem nenhum amor maior. Não havendo gratuidade não há companheirismo nem entrega, mas posse e cobrança. Casar não pode ser comprar e apossar-se. Nas sociedades em que se comprava a donzela não havia casamento: existiam conluios em que a mercadoria era a moça rica ou a filha de alguém poderoso. Era um dos preços da aproximação de povos e aldeias... Não é muito diferente hoje entre famílias abastadas que jogam duro para que a filha se case com alguém de posses e do mesmo nível, vale dizer: alguém que pode...

Quando os dois se consideram, se admiram e se respeitam, e pretendem passar a vida em função um do outro, as Igrejas abençoam e chamam isso de "sinal do Reino". Os não crentes têm outros enfoques, mas também entre eles o casamento tem de ser entrega serena e amorosa.

Enganam-se os que excluem a espiritualidade do sexo. Sexo é espírito e carne, e na vida conjugal é muito mais espírito que carne. A entrega de si mesmo, quando é feita dentro do respeito e do carinho, torna-se encontro de pessoas que se dão primeiro espiritualmente, no encantamento, e depois fisicamente, porque plenos de alteridade, que lhes dá direito à intimidade.

Existe oração no homem que se encanta com sua mulher, e na mulher que se encanta com seu homem. Existe santidade naquele prazer dos dois em função do lar que criaram e das necessidades de um ser humano feminino e de um ser humano masculino. Está longe de ser um ato animal. É um dos mais belos atos humanos, destinado não apenas a procriar, mas também a criar laços de ternura e de amor. Quando sexo é consequência de laços de ternura, traz cada dia mais serenidade. Quando não há ternura nem respeito, torna-se cada dia mais compulsivo e machuca sempre mais.

Para quem crê, fica muito claro que há um tipo de pregação de sexo que favorece o egoísmo e ali acaba. A visão de alteridade plena parte do altruísmo e prossegue no altruísmo.

Dizia um casal em palestra em curso de noivos:

– Gostamos muito do físico um do outro. Afinal, é um dos presentes que vieram com o casamento. Mas gostamos muito mais do jeito de ser um do outro. Não vivo sem o olhar, o sorriso, o carinho, as atenções e a paciência dessa mulher.

– Não vivo sem o carinho, a proteção, as palavras e a presença desse homem. Eu casei com o conteúdo: a casca e o invólucro vieram de presentes. Não vivemos em função da relação sexual, e sim das muitíssimas outras relações matrimoniais que dão sentido à relação sexual, quando ela acontece. O que nos une são nossas relações e não apenas aquela relação, que também é importante, mas não é tudo em nossa vida. Estamos casados por causa das muitas relações matrimoniais, e não apenas por causa das eventuais relações sexuais.

– E há os filhos, frutos benditos de nosso mútuo querer. Eles foram desejados, e quando se formaram nela, foram celebrados. Quisemos dois filhos e veio uma terceira que não estava nos planos. Mas a festa por ela foi de grata surpresa. Naquele dia começamos a gastar menos, a trabalhar mais e a poupar, porque uma vida não planejada apareceu entre nós. Cremos em Deus. Não pensamos em aborto. Hoje ela é uma jovem advogada feliz em fazer o que faz.

*

Pelo que sei, 95% dos casados sabem e afirmam que sexo é importante, mas garantem que a vida não se resume àquelas relações. O casamento se sustenta nas muitas e mútuas relações. É uma rede feita de muitos laços...

Pensar no depois

Sublimar, dessublimar e ressublimar...

Acho que não errei quando, por volta dos 23 anos de idade, estudando teologia nos Estados Unidos, fui introduzido a autores como Herbert Marcuse, Freud, Lacan e Martin Buber; também a Bultmann, Hans Küng, Joseph Ratzinger, Romano Guardini, Thomaz Merton, Teresa de Ávila, Edith Stein e a uma centena de autores ateus, católicos e não católicos. Descobri então que pensar dói, e deve ter doído muito mais para eles, que eram pessoas profundas.

Com Thomaz Merton, em *Homem algum é uma ilha* e *A Montanha dos Sete Patamares*, entendi um pouco mais do amor ágape. É bem possível que haja livros melhores e mais profundos do que esses, mas agora que leio Jean Baudrillard, em particular seu livro *A transparência do mal*, e releio *Eros e civilização*, de Herbet Marcuse, percebo o que acontece com uma pseudocivilização que dessublima mas não consegue ressublimar.

Baudrillard analisa a era da orgia e da pós-orgia, lembrando que ainda estamos em desorganização; não conseguimos ressublimar o que foi dessublimado. Leio Zygmunt Bauman, que é, de certa forma, a bola da vez, como era Marcuse nos anos 1960, e percebo sua lucidez ao falar de *amor líquido* e *vida líquida*. Talvez estejamos perdendo e desperdiçando toda uma era que nos escapa pelo vão dos dedos por não termos sabido armazenar e por não termos sido suficientemente côncavos para receber a sabedoria do viver.

Urgentizamos a vida e por isso apressamos a morte... Aquele moço de carro preto de alto luxo e invejável potência, que desrespeitou a lei e perigosamente ultrapassou todos os outros, estava apressando mais a morte do que a vida. Era um rapaz urgente, num carro urgente, com adrenalina no corpo e na mente e pressa de ir a lugar nenhum. O que ele precisava era tirar o máximo do carro e ultrapassar...

Estamos na era das ultrapassagens. Tudo é tão apressado, tão mágico, tão instantâneo, tão urgente, tão efêmero e competitivo que o verbo *passar* tornou-se *ultrapassar*, por conta de um capitalismo selvagem e devastador. Nessa pressa, a vida se desperdiça e liquidifica. Os alimentos são desperdiçados, a água é desperdiçada, os recursos do planeta são desperdiçados, a fé vem desperdiçada, e a família e o amor acabam desperdiçados.

Perdemos a graça da solidez e da solidariedade, que requer almas, instituições e pessoas sólidas. O mundo se tornou uma imensa gelatina por conta de indivíduos que não fazem questão de ser aquilo que deveriam ser, que não cumprem a palavra dada, não respeitam seus juramentos, e não se comprometem com ninguém a não ser consigo mesmos. É a era do crasso individualismo, do *eu* demais e do *outro* de menos; por conseguinte, do Deus de menos também.

*

Volto a Martin Buber, sábio judeu que me ensinou coisas incríveis na minha juventude de católico, e repenso seu magnífico pequeno livro: *Eu e tu*. Estava ali, discretamente, uma definição de amor ágape. Mais tarde entendi melhor Francisco de Assis, Clara de Assis, Vicente de Paula, Charles de Foucauld, Teresa de Ávila, Irmã Dulce, Teresa de Calcutá e os místicos e pensadores católicos que também me deixaram claro que o que foi dessublimado precisa ser ressublimado; que o que entrou em descompressão num determinado momento precisa, outra vez, se comprimir; que, se tudo corre solto, teremos explosões e implosões.

A sociedade tem que ser feita de grandes diques que reprimem as águas, mas tem de deixar vazão suficiente para que as águas continuem correndo, além de adotar salvaguardas adequadas e suficientes para que a fusão nuclear não se torne uma bomba atômica. Conter e liberar, eis o sentido do progresso e também da vida...

Doadores e *per*doadores

Ir além da doação.

Somos todos chamados a doar. Jesus acrescenta que somos também chamados a ir além de doar. Temos que *per*doar. São dele as frases: "Se alguém vem obrigar-te a andar mil passos com ele, anda dois mil" (Mateus 5, 41). "Se alguém te citar em justiça para tirar-te a túnica, cede-lhe também a capa" (Mateus 5,40). "Eu, porém, vos digo: não resistais ao mau. Se alguém te ferir a face direita, oferece-lhe também a capa" (Mateus 5, 39). "Mas, se não perdoardes aos homens, tampouco vosso Pai vos perdoará" (Mateus 6, 15).

O projeto, portanto, é ir além do estrito dever. É questão de generosidade e gratuidade. Sem isso, não se pode falar em casamento ou família. Onde tudo é medido na base da canequinha ou do "me dê que eu já lhe dei", a vida se torna gratificação e retribuição forçadas. Onde se mede na base do *per*doar, acontece a gratuidade. Dou, mesmo que você não tenha capacidade de me retribuir. Pais e mães fazem isso com suas crianças até que elas aprendam partilhar e retribuir. Fazem o mesmo com o filho prisioneiro de drogas. O toxicômano mais tira do que dá. É o mais extremado grau de carência. Sairá do seu inferno quando aprender a retribuir.

A saúde ou a enfermidade não nos fazem mais ou menos pessoas: o que nos faz pessoas é a capacidade de receber, acolher e conviver. Perdemos muito da pessoa que somos quando perdemos a noção do que somos e fazemos. Continuamos humanos e pessoas, mas bem menos pessoas do que no estado normal. Quando nossas reações não correspondem às relações e nossas respostas não correspondem ao que nos foi proposto, é sinal de que houve trincas e rupturas no edifício do eu.

Há uma grande diferença entre 1) a caixa-d'água cheia, que disponibiliza sua água; 2) a caixa cheia que não a disponibiliza; e 3) a vazia, que disponibilizou o que podia e agora espera mais. A que não disponibilizou é a única que não cumpriu seu objetivo! Se caixas-d'água se tornassem pessoas, a que recebeu e não disponibilizou seria a mais limitada!

Depois da virgindade (poema de 1990)

Que bom que vocês se amam!
Que bom que não são mais virgens!
Que bom que foi do jeito certo, com a pessoa certa e na hora certa!

Que bom que a senhora não é mais virgem, mas não "perdeu" sua virgindade
porque sabe com quem está, onde está e quem a recebeu!
Uma coisa é "perder" e outra, "entregar".

Que bom que você, homem, recuperou sua pureza
ao lado desta mulher maravilhosa.
Que bom que, à maneira de riachos que se encontram,
vocês se purificam todos os dias.
Que bom que os dois sabem o que significa sexo casto.

Que bom que, quando barrados pela vida, vocês ficaram mais profundos.
Que bom que ambos saibam o que fazer com o riacho da sexualidade.
Que bom que seu amor ficou cada dia mais profundo e mais comprometido.

Que bom que vocês aceitaram amadurecer.
Que bom que sabem a diferença entre prazer e hedonismo.
Que bom que sabem a diferença em eros, ágape e filia*.

Que maravilhoso que vocês estejam incluídos no Cântico dos Cânticos!
Que a água que jorra dos seus encontros seja pura,
tanto quanto a fonte que os aproxima!

Amem-se cada dia mais! Faz bem a vocês e faz bem ao mundo.
Mas amem-se sem perder a castidade e sem desperdiçar a virgindade.
Que esta esteja bem guardada no cofre das lembranças felizes como dom sereno e feliz de uma noite de núpcias!

---

* Platão e outros autores gregos costumavam desmembrar o sentido do amor em categorias denotadas pelos termos: *eros, philia* e *agape. Agape* é o termo para denotar o amor a um esposo ou a uma família, esse era o amor de Deus para os homens. *Eros* é usado para tratar do amor com conotações sexuais, enquanto *philia* trata do amor que permeia a amizade. Sobre as diferenças entre esses termos, a Universo dos Livros publicou *Como a Filosofia pode explicar o amor*, de Paulo Ghiraldelli Jr.

Nem tudo vai tão mal

Por dois gomos podres jogou a laranja fora...

À força de ver novelas e filmes a retratar com insistência o fracasso do amor; à custa de ver tantos divórcios, separações, traições, guerras de casal expostos no palco e nas telas; de tanto ver e ouvir falar das famílias que ruíram, corremos o risco de cair no pessimismo e achar que o natural é que homem e mulher não consigam sobreviver a quinze anos de união.

Não é o que vejo em meu bairro, entre as famílias católicas, e também entre não praticantes; não é o que vejo entre evangélicos e espíritas, e não é o que ouço de quem lida com o povo. Se é verdade que em alguns lugares 45% das famílias são mal constituídas, se é verdade que em hospitais e firmas a quase maioria dos profissionais já está em segunda união, se é verdade que em alguns bolsões 75% dos matrimônios não vão bem, também é verdade que as estatísticas falam a favor dos casais que perseveraram ao lado dos filhos. Foi e é difícil, mas um não abandonou o outro nem os filhos. Só eles sabem por que e o que isso significa!

*

Tenho proposto a párocos e jornalistas de cidades do interior que façam uma enquete para ver quantas famílias duram há mais de quinze anos, quantas diriam que estão bem e qual é a realidade naquele município. Ficarão surpresos ao ver que uma é a realidade retratada em novelas e cinemas, e outra a dos casais que persistem em seu amor primeiro. Na maioria das cidades onde ainda impera a vizinhança forte, quem busca outro amor é minoria. Os separados não merecem ser julgados. Cada um sabe de si. Mas fatos são fatos. Eles ainda não são maioria. Os vínculos ainda unem mais de 80% das famílias nas cidades do interior e em muitos bairros de cidade grande.

Com as enquetes que vi e fiz, fiquei bem mais otimista. Não sei como será daqui a vinte anos, mas sei que, agora, embora os canais de televisão revelem seis a sete separações e conflitos por novela, a maioria dos que há vinte anos se casaram na Igreja continua vinculada e numa feliz "juntice" de quem ama. Os filhos agradecem!

Quem se casou e até gerou filhos, como a laranjeira, mas não faz como a laranjeira, que expõe seus frutos à luz do sol, nunca vai vê-los dourados e amadurecidos.

Entre o Luxo e o Lixo

Civilização de morte

Banalizaram a vida. Por conseguinte,
banalizaram a morte.

Num mundo de tantas banalizações, era inevitável que também se banalizasse o crime e a morte. Banalizar é tornar algo excessivamente comum. Quando todo mundo faz de qualquer jeito e sem praticamente nenhum sentido nem reflexão uma coisa que, antes, poucos faziam, essa coisa se banalizou.

Diferente de popularização, que é levar algo positivo a todo povo e a qualquer segmento do povo, a vulgarização de um costume, de uma arte, de um jeito de dançar é quase sempre uma atitude negativa, conduzida por pessoas sem ética nem preocupação social. A vulgarização acaba em banalização e vulgaridade. Dão ao povo o que o povo não quer, e insistem em dizer que o povo quis.

Danças, canções, trajes sumários, bem como expressões corporais que até poderiam fazer sentido em determinados lugares, perdem o significado e se destituem de sentido quando feitos em lugar errado, por qualquer pessoa e fora de contexto. Assim, certas danças, nudez, beijo, determinadas roupas, certas canções, até mesmo as religiosas, certas piadas, cenas de televisão e imagens resvalam para o banal e o vulgar quando, sem nenhum critério, se faz aqui e de novo, e em qualquer lugar, porque deu certo lá, feito por aquele astro...

Se não se divulgasse tanto e com tanto charme a violência em filmes e a falta de sentido de tantas vidas, se não se mostrasse o desvio apenas por mostrar, tenho para mim que teríamos uma sociedade mais criteriosa. Como está, a promoção do banal, do grosseiro e do vulgar acaba levando tudo ao sem sentido, inclusive à violência. De tanto ver a morte colorida, com detalhes e closes, muitas mentes desequilibradas acabam achando que matar é bonito. E é o que fazem.

Há quem trate a morte violenta de um ser humano como um espetáculo. É como se fosse mais uma lagartixa ou um rato que morreu. Acabamos achando natural. Quando uma comunidade não fica indignada e não reage de maneira forte, embora civilizada, estamos no que a Igreja católica chama de civilização de morte. O Brasil está perto disso!

Deveres humanos

Impossível falar direito de direitos sem falar de deveres.

Há palavras muito usadas como *amor* e *paz* que, de tanto uso e ditas de qualquer maneira, perdem seu significado. Há que ressignificá-las. Direitos humanos é expressão igualmente abusiva. Nem todos que a usam entendem que se trata mais de direitos dos outros do que nosso. Merece mais credibilidade quem luta pelos direitos dos outros do que os reivindicadores que saem às ruas pelo seu direito e apenas por ele. Se não levam proveito não saem. Foi o caso de alguns militantes que queriam aumento de salário para a sua categoria e saíram às ruas; mas na semana seguinte nenhum foi à passeata por duas passarelas à frente de duas escolas. Não era com eles... Não tinham filhos naquelas escolas... Os outros? Que lutassem por si mesmos... Eles lutavam pelos interesses deles... Negaram-se a emprestar o carro de som... É que os organizadores eram de outro partido. Lamentável! Já vi igrejas negarem seu carro de som para outra e já vi religiosos de um grupo se negarem a emprestar seu teclado para o grupo de outra igreja... Mas pregaram bonito, louvando o Senhor que os escolhera...

*

Numa sociedade na qual se ouve falar com frequência em direitos humanos, convém falar também de deveres. "Você tem direito", "Vá à luta, vá buscar o seu direito...". É pregação bonita, justa e válida, para a cidadania não só dos reinos do mundo, mas também para a cidadania do Reino dos Céus. É preciso que as igrejas também ensinem aos fiéis que quem tem direitos humanos também tem deveres humanos

Ao direito de ser amado corresponde o dever de amar; ao direito de comer, o dever de trabalhar; ao direito de possuir, o dever de partilhar; ao direito de ser rico, o dever de ajudar os pobres; e ao direito de ser livre, o dever de lutar pela liberdade dos outros. Seria o caso de dizer: "Quero para o outro o que eu já tenho", "Quero que não falte na casa dele o que não falta na minha casa", "Quero para ele os bens que Deus me concedeu, a alegria que Deus me dá e a paz que recebi e cultivei", "Lutarei por ele". Este é o dever de todo o sujeito realizado. Temos muitíssimos direitos, mas também temos deveres. Ao direito de pegar o meu carro, entrar na estrada e ir do Rio de Janeiro a São Paulo corresponde o dever de ir com cuidado, não ultrapassando de maneira perigosa e não pondo em risco a vida do outro. Se temos alguma fé e cremos que Deus é Pai de todos, então temos direitos; mas, por isso mesmo, também temos deveres. No dizer de Jesus, quem vive para os seus direitos e ignora os próprios deveres é hipócrita.

Direitos humanos

Que se salve um país e não apenas um grupinho seleto...

Falo aos leitores católicos. Por sermos a Igreja do pão repartido, a Igreja da palavra e a Igreja dos sinais, e, sobretudo, da palavra e do sinais juntos, somos também a Igreja dos direitos humanos. Se um católico combater os direitos humanos, estará combatendo o cristianismo, indo contra a Bíblia, contra a sua Igreja. É impossível você se declarar seguidor de Jesus de Nazaré e não aceitar a proposta de libertação que Ele oferece. *Por vocação somos descrucificadores. Quem põe o outro na cruz nega sua fé.*

A proposta de libertação de Jesus de Nazaré é que a comunidade, o país e o mundo se salvem, e não só um grupinho de eleitos que se aconchegam em sua redoma. "Eu vim para que as ovelhas tenham vida" (Evangelho segundo São João 10, 10), disse Jesus. Manda perdoar, perdoa e morre perdoando; veio, não para os bonzinhos, porque estes já estão salvos, mas para os pecadores, porque são esses que precisam de misericórdia. Os sadios não precisam de médicos: quem precisa são os enfermos (Lucas 5, 31). Então Jesus vem e exerce seu ministério, tentando converter os pecadores e oferecendo-lhes mais uma chance. O que é isso, senão lutar por direitos humanos?

Jesus não quer ver prisioneiros torturados nem pessoas fuziladas na rua. Jesus não quer ver uma pessoa boa que foi vítima fuzilando bandido, porque então ela se torna, pela vingança, tão cruel como o bandido que lhe fez mal. Quando Jesus vem e diz que, se baterem em nós, devemos oferecer a outra face (Mateus 5, 39); quando vem e diz que é preciso perdoar e amar o inimigo, Ele está propondo direitos humanos. Nem sempre o bom levará vantagem, mas, a longo prazo, o bem há de vencer. E o seguidor de Jesus não pode fazer como todo mundo. Jesus disse: "Se amais somente os que vos amam, que recompensa tereis?" (Mateus 5, 46). Temos é que amar todo mundo, inclusive quem não nos ama, para merecermos o nome de filhos do mesmo Pai do Céu, que faz nascer o sol sobre os bons e os maus, e faz chover sobre os justos e os injustos.

A proposta de direitos humanos passa por esse amor misericordioso, fraterno e universal. Somos chamados a amar até a pessoa que nos caluniou, destruiu-nos e tentou nos derrubar. Somos chamados a perdoar. E somos chamados a não revidar e a não pagar com a mesma moeda. Por isso, os direitos humanos são um jeito de a Igreja dizer: "Mesmo sendo bandidos, traidores e assassinos, e tendo renunciado a sua humanidade, eles ainda não são animais. E se temos de respeitar uma vaca, um boi, um cachorro, um lobo e um leão, temos de respeitar o ser humano mau, e, quem sabe, a misericórdia vai fazer por ele o que as leis não conseguem..."

Moral familiar

O Estado, cujos governos se sucedem, não tem condições de moralizar uma sociedade. Se não fortalecerem o núcleo familiar, os governos, quaisquer que sejam, tenham a ideologia que tiverem, construirão sobre areia movediça.

Samuel Huntington, em *O choque de civilizações*, classifica o mundo pós-guerra fria como "multipolar e multicivilizacional". Pela primeira vez, a história registra tantos polos civilizacionais. Jacques Attali diz o mesmo em seu *Breve história do futuro*. Christopher Dawson, em *Dinâmicas da história do mundo*, diz que "a essência da história não se encontra nos fatos, mas nas tradições". A moral vai além do Estado e não depende unicamente dele. Supera-o. Aliás, Estado e governo que não levam os laços de família em consideração não merecem prosseguir. O mínimo que o Estado pode fazer e exigir é que os pais não abandonem seus filhos e que a mídia, a fé ou a escola não os afaste dos pais.

O fato pode parecer assunto apenas familiar, mas não é. Reflete a sociedade em que vivemos. Quatro boas mães estão chorando até hoje pelo desvio de conduta de seus filhos. As quatro morreram com eles. As mães das vítimas e as mães dos dois assassinos.

Adolescentes, a moça de dezesseis e o rapaz de dezenove, desviaram-se dos conselhos dos pais e não revelaram aonde iam. Com apenas um mês de namoro foram curtir o nascente romance na floresta, sem nenhuma forma de contato, sem nenhuma proteção. Foi desvio de conduta. Nem adultos devem se arriscar a esse ponto. Os pais mereciam e deviam saber com quem e onde estavam seus filhos. Se eram bons filhos, o romance os fez esquecer que os pais mereciam saber com quem andavam e estariam. Não se faz isso com os pais. O desejo de se experimentarem falou mais alto.

Também adolescentes, os dois assassinos queriam roubar. Já se trata de desvio de conduta, mas fizeram pior: acabaram sequestrando e torturando. É claro que não avisaram os pais nem ouviram seus conselhos. Faltou base moral. Para fazerem o que fizeram, o desvio já vinha de longe. Toda vez que um ser humano adolescente se desvia dos pais a ponto de mentir com essa gravidade, acontece uma ruptura. Quando chegam a ponto de matar, a ruptura tem contornos de um abismo. É mortal para a família, porque leva os pais à vergonha suprema. Pais não criam feras; criam pessoas. Por isso um filho assassino dói mais para os pais do que dói para um engenheiro ver ruir o edifício que planejou. É fim de alegria. Tais mães perdem o desejo de sorrir.

O que houve entre aqueles quatro adolescentes, vítimas e assassinos, estabelecidas as devidas diferenças, foi não terem ouvido os pais e outros seres humanos mais sábios e experimentados. Teriam ouvido um solene "não", com a devida explicação. Talvez dois deles estivessem ainda vivos, e os outros dois não tivessem se tornado assassinos.

*

É disso que se ocupa a moral dos crentes em Deus. Mostra o porquê de cultivar e viver costumes que Lhe sejam aceitáveis e de obedecer ao que Ele teria revelado. Mas pesa também a ética de um povo, mesmo que não se conduza pela revelação do céu. Tamanha ousadia como a que esses namorados tiveram não é aceitável. Nem adultos deveriam fazê-lo. Ousar a ponto de cometer o latrocínio e o assassinato é abominável. A Bíblia conta que o pecado de Adão e Eva foi fazer as próprias regras e não aceitar as de Deus. Deu no que deu... Pode ser apenas história e simbolismo, mas tem pé na realidade de quase todas as famílias e tribos.

A era do "quem dá mais"

Há rendas colossais que nasceram de rendições incondicionais...

Eu vi, você viu. Todos os dias vemos profissionais e até mesmo religiosos colocarem as próprias habilidades em leilão. E todos têm uma explicação para a opção de mudar. Aqui e acolá deparamos com alguém que dá a palavra e a cumpre, até mesmo com gigantescas perdas de oportunidade. O famoso técnico Muricy Ramalho fez isso quando, convidado pela Conferação Brasileira de Futebol (CBF) a assumir a Seleção Brasileira de Futebol, alegou que havia dado sua palavra ao clube que acabara de assumir. Há muitos outros testemunhos em universidades, partidos políticos, igrejas e corporações. São pessoas confiáveis, que jamais irão embora só porque o outro lado oferece mais fama, mais dinheiro ou a maior proposta de sua vida... A palavra que deram os obriga. Perdem em oportunidade, mas ganham em credibilidade.

Nosso tempo pragmático, voltado para o sucesso individual, com sua doutrina de agarrar as oportunidades, não está pronto para entender alguém que, podendo ganhar três milhões por mês, prefere continuar com seu milhão, porque o contrato não terminou... É visto como abobalhado ou, no mínimo, um sujeito sem ambição. Nossa era capitalista e tomada por ideologias de sucesso considera a ambição o motor número um do progresso da pessoa e de um povo. Keynes e Weber que o digam...

*

Por isso, o jogador de futebol, o radialista e o apresentador, o artista e o religioso mudam de grupo ou de igreja. Como só Deus pode julgar as intenções, fica tudo entre eles e Deus. Mas o que vaza nos noticiários, e muitos o confirmam em entrevistas, é que pesou a chance de "ganhar mais" na Europa ou na outra emissora. Pesou a chance de ir mais longe com seu talento ou com sua palavra e atingir mais pessoas. Talvez fosse a isso que Jesus se referia quando perguntou de que adiantaria um sujeito ganhar o mundo inteiro se, no processo de vencer o mundo, ele perdesse a alma. E concluiu perguntando quanto uma pessoa está disposta a pagar pelo resgate da própria alma, vale dizer, os próprios princípios (Mateus 16, 26).

Pergunta poderosa, porque, para conseguir fortuna, sucesso e reconhecimento, milhares não hesitam em faltar à palavra dada. Prometer e cumprir tem a ver com o mais recôndito da alma. Por essa razão, Jesus pergunta se alguma coisa vale mais que isso. Era Jesus ensinando fidelidade, mesmo à custa de perder. Já tocamos no assunto: quanto você acha que vale? Entre perdas e ganhos, está a coerência. Se alguém acha que ser coerente é agarrar todas as chances de vencer na vida, estará seguindo a filosofia não cristã. Se entender que a coerência pode significar perdas substanciais de sucesso e dinheiro porque houve um juramento anterior e uma palavra dada, estará seguindo a mensagem cristã. Jesus questiona duramente a busca desenfreada dos primeiros lugares (Mateus 19, 30; 23, 6).

Diga-se o mesmo com relação ao casamento e às promessas da fé. Não significa que todo aquele que não conseguiu manter os votos ou o casamento seja alguém infiel ou em busca de vantagens ou mais-valia. Cada caso é um caso. Mas não foram e não são poucos os que decidiram ir embora em função apenas de si. O mundo ou a outra pessoa ofereciam mais gratificação.

*

Volto a citar Herbert Marcuse. Em *Eros e civilização*, ele esmiúça esse tipo de atitude. Há enorme diferença entre gratuidade e gratificação. O mundo de hoje canonizou a gratificação. Desde que a pessoa esteja satisfeita, o resto não importa... Foi essa mentalidade que gerou a "era do quem dá mais"; vale dizer: talentos em leilão. Errado? Certo? O que você ensinará a seu filho que ganhou uma bolsa de estudos? Fará como um engenheiro que estudou na Alemanha por seis anos, sustentado pela empresa que apostou em seu talento, e seis meses depois "chutou o pau da barraca"? Fará como o astronauta cujo país gastou fortunas para mandá-lo ao espaço, mas que se desligou do programa, faturando em cima da viagem que jamais teria como custear? Ou, ainda, como o químico sustentado durante meses por uma indústria e que, ao voltar de um curso, abandonou a empresa? A firma concorrente ofereceu um salário de 12 mil contra os seis que ele recebia e ele se esqueceu de quem o formou... Os amigos o aplaudiram. Sujeito esperto! Fariam o mesmo! Mas a namorada terminou o relacionamento. Teve medo de que ele fosse infiel se aparecesse outra que lhe prometesse mais.

Corruptos e cleptomaníacos

Veículo mal dirigido ou mal construído?

Está doente o filho que rouba o dinheiro da mãe, guardado para o remédio dos irmãos mais novos; está enfermo na alma o rapaz que vende os objetos da mãe para conseguir droga. Não é apenas questão moral: tornou-se espiritual e mental. O funcionário público, o juiz, o político, o prefeito, o deputado, o senador, enfim, os homens públicos, as mulheres a serviço do país e os cidadãos que, diante do dinheiro que lhes passa pela mão, não resistem e roubam, estão todos gravemente enfermos. É como um câncer espiritual que lhes rói a personalidade.

É mais do que problema moral ou de vergonha na cara: é questão de tratamento psiquiátrico. Ninguém pode ser assim tão imoral. Sabe que rouba, sabe do mal que o roubo causará, entende o que a corrupção e seus desvios vão causar a milhões de cidadãos, sabem de escolas, creches, asilos, orfanatos, hospitais e estradas que deixarão de ser construídos, e mesmo assim desviam milhões para si ou para o partido. Isso para não falar dos que aplicam em seu proveito o dinheiro da igreja.

Com o dinheiro que tiram do povo e mandam para o exterior ou desviam para a própria família, cometem ato de traição e de lesa-pátria. Em outras nações, são decapitados ou cometem suicídio. No Brasil, recorrem dez vezes e passam anos em liberdade. Há casos em que o prazo expira... Não sentem remorso nem devolvem o que roubaram. Ficam gravemente enfermos e nem a proximidade da morte os toca. Não se convertem. Eis uma das deformidades desse câncer chamado corrupção. Tem raiz na família? Nem sempre!

Quem chega a esse ponto alcançou uma das piores formas de loucura, porque se convence de que tem direito ao dinheiro que não é seu. Descoberto, nega-se a revelar onde o colocou, porque continua achando que aquele dinheiro roubado com tanta esperteza lhe pertence. É o ladrão que se nomeia proprietário. Por isso e por outras razões, todo juiz deveria sentenciar alguém pego em corrupção e desvio de verba a um tratamento psiquiátrico. Talvez o psiquiatra conseguisse abrir uma brecha naquele cérebro irremediavelmente fechado para a moral e a justiça.

*

Já posso imaginar o efeito que causaria a leitura destas linhas num tribunal, numa câmara de vereadores ou de deputados, ou no senado. Os honrados assinariam embaixo. Os culpados ririam do autor e de quem o leu. Ainda não se descobriu como reparar um gomo podre de laranja ou um pedaço podre de mamão. Na cozinha, joga-se fora. Numa instituição política, ou ele pede afastamento ou os pares o inocentam, ou ainda o expulsam de seu meio. Ainda não foi achada a solução que repare o tecido podre de uma alma que roubou do povo e do Estado. É impenetrável. O cidadão simplesmente não se toca, possuído que está até a última célula pelo vírus da corrupção.

Por mais inteligente que seja um cidadão, se rouba e não se arrepende nem devolve. ou quando chega a ponto de roubar a própria família e o próprio país, ele está perto da loucura. É loucura lúcida, mas é loucura... O verbo *possuir* enlouquece. O toxicômano é vítima dos tóxicos; o alcoólatra, vítima do álcool; e o corrupto, vítima da riqueza. Dinheiro nele tem efeito semelhante ao da garrafa de pinga ao alcance do alcoólatra; basta o cheiro para que se perca o controle. No caso do corrupto, basta a chance de um dinheiro afanável para ele perder o controle e esquecer-se de que já foi condenado. Torna a roubar.

Está virando epidemia no Brasil. Oremos por esses grandes enfermos nos quais o povo votou! Oremos pelos pequenos enfermos, porque tudo começa com dez reais ou com a pequena propina. Eduque seu filho para entender que até a moeda de dez centavos que é do outro deve ser devolvida. Se ele chegar ao poder, ou perto do governo, talvez se lembre de que os milhões que passam por suas mãos não são nem do partido nem da sua família...

Feitos um para o outro

Há matrimônios ajustados e há os ajuntados.
Lembram peças que não se encaixam.

Feliz da moça que encontra um bom moço. Feliz do rapaz que encontra a garota dos seus sonhos. Pode rir feliz o macho humano que encontrou sua fêmea repleta de qualidades e a fêmea humana que descobriu que ama o macho certo. Não se espante com as palavras macho e fêmea. Até a Bíblia as usa. A suposição é que passaram do instinto para o distinto... Fizeram-se pessoas. Ele não a ferirá, nem ela a ele. Protegerão suas crias e, salvo acidentes de percurso, envelhecerão juntos depois de uma vida de admiração, cuidados e perdão essencial.

Se sobreviverem, chegarão aos oitenta anos ou mais, com todos os limites de idade, corpo e mente, sem perder o encanto por terem descoberto a gratuidade. Deram muito mais do que cobraram. Seu amor não foi fundado em mais-valia ou em lucro, nem mesmo em retribuição contabilizada. Nenhum se sente dono do outro, embora ele a chame de patroa e dona. Ela o chama de meu bem. Ele não a obriga a nada, porque ela até se antecipa. Na vez dela, ele se entrega, sabendo que é direito da mulher. Nenhum dos dois tem ao outro, porque o outro ou a outra não são coisas. Neles, o verbo *ter* cede lugar ao verbo *ser*. Em vez de *tenho* você, o que se ouve é *sou sua, sou seu*. Os encontros são respeitosos, há gratidão, os dois sabem que seu corpo é sagrado e seu carinho, mais sagrado ainda. Por isso se cuidam, se admiram e se assumem.

*

Feliz o casal humano que descobriu que é mais do que macho e fêmea, que os dois geraram mais uma vida para a espécie. Há espiritualidade em cada beijo e abraço. Ele sabe que pode desejá-la sem feri-la. Ela pode desejá-lo sem feri-lo. O desejo de outros e outras, nem ele nem ela querem, mas o recíproco é bem-vindo, porque foram feitos um para o outro. Haverá dias sem sexo e até sem abraço, mas serão poucos, porque os dias de atenção e respeito não tiram férias.

Feliz aquela que pôs os olhos num rapaz e descobriu que era ele... Feliz do rapaz que viu, olhou, gostou e descobriu que era ela. Suas laranjas, se gomo podre tiverem, serão bem aproveitadas, porque marido e mulher espertos e inteligentes sabem o que fazer com os 95% de suco saudável da laranja com um gominho podre...Trocar de laranja ou jogá-la fora? Nem pensar! Jogar fora a rosa porque uma das pétalas caiu? Nem pensar! Querem a rosa mesmo assim!

Esta mulher chamada mãe (poema de 2008)

Difícil achar palavras novas...
Quase impossível dizer mais do que já foi dito...
E não faz sentido reprisar poemas.
Sobre as mães já se esgotaram todas as palavras bonitas.

No entanto, entra ano e sai ano,
em algum improvisado palco, em púlpitos, em salões do mundo,
em emissoras de rádio e televisão
no Dia das Mães, alguém dirá, outra vez,
a palavra mãe, mãe, mãe, mãe...
como se diz Pai-Nosso e Ave-Maria,
como se repetem rosários e ladainhas e mantras.

As mães ouvirão, emocionadas ou serenas,
o cantar, os beijos, as homenagens de filhos e marido;
receberão, encantadas, os presentes,
e, lá no fundo de seu coração materno,
a maioria delas dirá que valeu a pena.
Mas só elas saberão o que significou
a sublime renúncia de ser mãe.

O que eu percebo é que as mulheres, na sua maioria,
depois que concebem e geram
mudam-se do planeta Terra para o planeta Ternura.
Seu corpo nunca mais será o mesmo,
nem a cabeça, nem o coração.
Na construção "mulher", a cada nova criança
nasce mais uma ala e mais um saguão...

Cuidar não é verbo suficiente para descrever as mães.
Há que haver outros verbos,
porque mães são tentaculares
e por isso mesmo espetaculares.
Vê-las em ação é como ver equilibristas de pratos:
tocam em tudo na hora certa e do jeito certo.

Palavra certa, na hora certa, do jeito certo, para o filho certo!
Eis a maioria das mães!
Poemas sobre elas? Não sei escrevê-los!
Este foi apenas uma tentativa.
E o leitor já percebeu que faltou praticamente tudo!

Não me sinto frustrado!
É que a maternidade tem seu quê de infinito!
Por mais fundo que mergulhemos acabamos no periférico.
Mas elas, as mães, e só elas, sabem do mistério!
Custa-lhes o corpo e a alma!

Que os crentes orem pela mulher que gerou e pensa em gerar.
Que gerem bem, gerenciem bem e, de gesto em gesto,
vivam sua interminável gestação,
porque mãe que é mãe se cansa, mas, descansar, não descansa!

Este homem chamado pai (poema de 2008)

Este homem chamado genitor porque gerou,
pai, porque cuidou, mais acerta do que erra.
Deve ser por isso que
a imensa maioria dos filhos agradece a Deus
pelo pai que teve ou tem.
Os maus pais foram e continuam sendo exceção.
Imagino que tenha sido por isso
que a sociedade criou o Dia dos Pais...

É mais do que óbvio que Dia dos Pais
é todo santo dia.
Mas é também óbvio que, se mãe merece um dia especial
– e como merece! –, o pai também merece.

E este é o dia!
Filhos e filhas de todas as idades são, hoje,
convidados a prestar seu tributo especialíssimo
ao homem que eles chamam de "pai"
por tudo o que ele viveu e vive, disse e diz, fez e faz.

Te amo! Te curto! Te admiro! Me orgulho!...
Nada disso ainda é suficiente...

Cada filho ou filha terá que achar suas palavras certas,
ou, se elas faltarem, o gesto certo,
porque presentes dizem alguma coisa,
mas gestos falam mais.

Que, ao menos uma vez na vida, todo aquele que é pai
ouça dos filhos o quanto ele é importante,
o quanto ele faria falta se viesse a se ausentar
e o quanto fará quando a idade o levar.

Há filhos orgulhosos e agradecidos pelo pai que os gerou.
Há os feridos pelo pai que não os assumiu,
mas, outra vez, estes pais são minoria.
Ouço dizer que não chegam a 5% dos genitores.

Pai cuida! Pai se preocupa! Pai morre por um filho!
Mesmo quando não sabe aconchegar, dar colo e ombro,
ou quando é desajeitado para dizer palavras bonitas,
filho e filha percebem o pai que têm.

Pai severo, pai silencioso, pai falante, pai amoroso,
pai brincalhão, cada pai escreve seus filhos do seu jeito
e assina ao lado do que a mãe escreveu.
São duas assinaturas indeléveis.
Atravessam tempos e vidas.

Feliz o filho que teve e tem pai;
feliz o que ganhou um pai quando se viu sem o seu.

Neste dia a eles dedicado, eu, que creio que Deus é Pai,
mando, daqui deste púlpito,
onde presido mais um momento de fé,
um abraço ao jovem que acabou de se ver pai;

ao que sonha se ver pai com uma menininha faceira
ou um meninão arteiro no colo;

suplico uma bênção especial
em favor dos pais de muitos filhos;
uma bênção agradecida pelos pais idosos;
e outra muito especial
ao pai que perdeu seu garoto para a doença,
para a violência ou para a droga;

além disso, um tapinha nos ombros
do pai que deu um filho para a fé
e formou filhos e filhas decentes e honestos para o país.
Só sei que o mundo ficou melhor
depois que eles ficaram pais.

Quanto aos outros... também é dia deles...
Por estes, uma prece para que, quanto antes,
do jeito que for possível, voltem a seu posto.
Fizeram, fazem e seguirão fazendo falta...

Mães e cidadãs

O que seria do mundo se elas parassem de comprar?
O que seria do futuro sem o colo delas?

Uma das tendências das democracias do mundo moderno é o de estatuir leis em favor da mulher que é mãe, considerando o trabalho de mãe como um serviço ao país. Por considerar a atividade materna como um serviço à nação, esses países pretendem dar mais tempo de descanso e de férias para a mulher que trabalha, e alguma remuneração para aquela que é mais pobre e não teria condições de educar os filhos com a mesma facilidade das que têm propriedades e meios.

Enfim, toma corpo a ideia de que a maternidade é um serviço social de alto nível. As Igrejas incentivam essa iniciativa. No ano 2000, em Roma, no encontro mundial para o Jubileu das Famílias, perante mais de 2 milhões de fieis, os católicos abordaram o assunto da maternidade como um serviço social prestado à nação. É interessante observar essa conduta, porque estamos diante de uma realidade nova no mundo, que cada dia mais envolve a mulher no ambiente de trabalho e, não raro, a distancia dos filhos. Algumas querem essa distância. A maioria, porém, gostaria de dar-lhes mais tempo. São mães!

Busca-se tornar a maternidade menos difícil e propiciar à mulher um período maior em casa exatamente quando a criança mais precisa dela. Cada nação terá a sua maneira de assumir essas leis, mas é bom que se diga que a ideia é válida e está tomando corpo. As mulheres têm um excelente e significativo trabalho ao educar cidadãos. E há um período em que as crianças precisam muito mais da mãe. Que sejam remuneradas até onde é possível, ou que se respeite o tempo das mães, para que não aconteça de o trabalho na empresa ser mais importante que o trabalho de mãe!

A ideia é rica de conteúdo. Merece reflexão, porque, dos serviços prestados ao país, não há maior serviço de cidadania do que o de ser pai e mãe. Alguém discorda?

Dor de parto

Dores de mãe resultam em filhos ou em milagres.

Jesus reconheceu a grandeza da mulher quando falou da dor do parto. É uma das maiores dores que se conhece, mas é dor que passa a ter sentido quando se lhe dá o sentido que a suaviza. E não há sentido maior do que uma vida em gestação e em seu desfecho.

Os rios valem pelo percurso, mas sua origem e desaguar marcam-lhe a trajetória. Como explicar o rio Tietê e o Paraíba do Sul, que nascem na montanha perto do mar, mas correm, um em sentido contrário e outro em sentido paralelo ao oceano, para banhar mais de trezentas cidades? Acaso? Um Criador sabia das vidas que ali cresceriam? Os humanos decidem tudo, ou tudo é acaso? Há um projeto maior que nem os mais sábios e comprovados cientistas saberiam elucidar? Como delinear e definir o projeto vida?

Num mês de agosto, enquanto digitava este livro, experimentei uma dor que dizem ser semelhante à dor de parto. Amigas minhas brincam dizendo que, já que Deus reservou a dor de parto para as humanas, ele poderia ter dado apenas aos humanos, vale dizer, aos machos da espécie, as dores renais e as pedrinhas na uretra. Aí eles saberiam o que é doer-se todo ali, num dos dutos da vida.

Saí do episódio tentando imaginar melhor a dor da mulher que se torna mãe. Se a maioria delas sofre esse tipo de dor ao dar a vida, seria bom que os homens soubessem do que se trata.

Seriam mais gentis com elas. Como sou conselheiro matrimonial e sei das dores de alma dos fiéis que me procuram, sei que a dor de parto é apenas uma das dores que uma mãe sente. Depois aparecem outras e outras e outras, a cada filho que nasce, cresce e morre, dor que aumenta quando o marido fere, abandona ou foge ao dever.

Se a maioria das mulheres mantém o lar apesar das dores de parto e das dores de viver, é porque as mães são feitas de outro material... O tecido da maternidade é feito para resistir às maiores intempéries do viver. Penso em minha mãe, nas minhas irmãs e sobrinhas, nas religiosas que, a seu modo, também gestam e geram os filhos de outras; penso em minhas amigas que, entre o riso e o choro, ergueram o monumento de sua maternidade. Trata-se de monumento, e nunca de mausoléu, porque mesmo que a filha morra, ou o filho vá para as drogas, ainda assim as mães apostam na vida.

*

Tenho pedido a Deus a graça de saber o que dizer às mães. Elas merecem sermões ricos de conteúdo. É que são mestras na arte de guardar sabedoria. A maioria é! Por isso, quando leio em Lucas (2, 19) que Maria guardava tudo o que presenciava, elaborando e conferindo as consequências em seu coração, relembro tudo o que já vi e ouvi de senhoras, avós, mães maduras e jovens mães. O ventre delas é um sermão vivo! Não o ouve e não o vê só quem não quer! Não é, mãe? Não é, vó?

Casinha pendurada no barranco

A pobreza não lhes tirou os sonhos nem a dignidade.

Meses atrás fui visitar uma senhora idosa numa casinha de morro, em favela vizinha ao rodoanel Mario Covas. Alguém me deixou perto dali. O filho e a filha dela me levaram. À frente aparece o magnífico e pomposo rodoanel. A casa, eu jamais acharia, se a ela não fosse conduzido pelos filhos. Pequeníssima, estilo choupana, grudada em duas outras, sem espaço para passar ao lado, sem espaço ao fundo, apenas na parte da frente. Como entrada, a porta de 1,60 metro; janelinhas de 80 centímetros, duas; não tinha camas, dormia-se em redes; apenas uma poltrona que a mãe usava. Três banquinhos amontoavam-se.

Deram as medidas da casa: 3 metros de frente por 3 de fundo e 2,20 metros de altura. Tinham vindo da Paraíba, o pai morrera com o intestino perfurado, o filho mais novo morrera de droga. Sobraram a filha, o filho e a mãe. Os dois, agora empregados, sonhavam em sair de lá, mas o dinheiro ainda não dava para alugar uma casinha mais decente. O hospital que a mãe frequentava distava sete quilômetros. Às vezes alguém a levava de carro, às vezes iam de ônibus. Carregavam a mãe até o carro. Ela não andava.

Segundo seu conceito, não viviam na extrema pobreza. Não faltava comida. E os remédios da mãe estavam lá. A filha, morena, bonita e comunicativa, vestia-se razoavelmente bem, sem luxo, mas com bom gosto; também o rapaz. Gostariam de morar numa casa de alvenaria, mas o dinheiro dos dois juntos, com a aposentadoria da mãe, não chegava a R$1.600,00. Então, aquela casinha que dava para a estrada por enquanto resolvia o sonho deles.

*

A história prosseguiu; coisa de família de periferia. Bonita que só ela, corpo escultural, fora tentada, primeiro, a ser bailarina de um programa de televisão. Não quis. Dois autointitulados "olheiros" ofereceram-lhe a chance de "acompanhar" executivos. Ganharia de dez a quinze salários por mês. Era atraente e falava bem! Cresceria na vida! Não quis. Uma prima dela seguira esse caminho no Rio de Janeiro. Acabara na prostituição de luxo. Pode haver acompanhante séria, mas não era o que o olheiro oferecia...

Ele seguiu o caminho inverso do irmão que fora se juntar aos traficantes. Quando a mãe soubera onde o filho menor arranjava o dinheiro, recusou-se a recebê-lo. Não educara filho para matar os outros, nem com arma nem com droga. Um pouco da doença fora aquele filho. Chorara três meses a morte do menino de apenas dezenove anos.

Conversei com ela, abençoei-a, prometi que voltaria e retornei duas vezes. Ontem fiquei sabendo que ela morreu. Dever cumprido, mãe sepultada, os dois haviam achado um fundo de casa de alvenaria em Osasco. É perto do trabalho de ambos. Pagam salário mínimo. O salário dele melhorou. Agora, a preocupação é ajudar a irmã a fazer um bom casamento. Ela merece. É moça séria. Ele cuida dela, que é seis anos mais nova; age como pai. Ela o respeita muito; é seu "manozão". Também ela quer vê-lo bem casado. Ele merece uma boa mulher.

A pobreza não lhes tirou os sonhos nem a dignidade. Não fizeram e não farão qualquer coisa para ter dinheiro. Quem nunca foi à periferia, nunca saberá a verdade sobre aqueles pobres dignos e sonhadores. Há muitos jovens de favela com a mesma cabeça e a mesma formação. Pena que nem sempre sejam notícia. Acabo de ver um programa de televisão no qual duas moças da periferia se engalfinharam por causa do mesmo namorado. E aquela menina rica, que derramou a tigela de sobremesa no colo de uma rival em festa do ex-namorado? Será que a chamariam? As comunidades de periferia deveriam conscientizar seu pessoal a não se prestar a esse tipo de programa.

Mãe salomônica

A maioria das mães tomaria a mesma decisão.

Diz a Bíblia que Salomão, um dia, precisou decidir entre duas mulheres que se proclamavam mães da mesma criança e queriam a posse dela. Salomão ameaçou rasgar o corpinho da criança ao meio e dar metade a uma mãe e metade à outra. Perdeu a que aceitou que a criança morresse e não fosse de nenhuma delas. Venceu a mãe que preferiu perder a posse da criança a vê-la cortada ao meio (1º Livro dos Reis 3, 16-28).

No tsunami que destruiu a costa de diversos países banhados pelo oceano Índico em 2004, uma australiana, que não tinha como nadar com um filho em cada braço, precisou optar entre morrerem os três ou se salvar para salvar também o filho mais fraco. Escolheu o de dois anos e soltou o de cinco. Nadou com um dos braços, levando o menor para um lugar seguro. O outro, ela deixou nos braços de Deus. Ele poderia o que ela não podia. O menino se salvou agarrado a uma viga de uma casa destruída pelas ondas do tsunami. Um ateu diria que não foi Deus. Ela achou que foi.

Provavelmente, a grande maioria das mães tomaria a mesma decisão, porque mães costumam fazer escolhas o tempo todo em favor de quem mais precisa delas. Mas foi sabedoria e graça de estado. Nós, católicos, cremos que cada um ganha uma graça para cumprir o chamado que tem. Assim, Deus dá uma graça ao padre, outra ao bispo, outra ao monge, outra ao casal, uma especial ao pai, uma especial à mãe, uma à virgem, outra aos solteiros. É o mesmo amor, mas as inspirações acontecem dentro do modo de viver e dos deveres de cada um. A sabedoria é dada de acordo com o que a pessoa precisa naquele momento e naquelas circunstâncias. No caso daquela mãe, se lhe faltasse tal graça, ela talvez caísse no desespero de não saber escolher e morreriam os três, o que seria uma escolha ainda mais problemática.

Aquela venerável mãe correu o risco de errar, mas fez o que achava mais certo. Deu resultado! Outras mães e crianças morreram, mas aquela mãe e seus filhos foram poupados. Só Deus pode responder sobre esse mistério, mas nós podemos falar sobre a decisão dela naquele tsunami. Deve ter havido outros atos maternos como esse. Escolha dificílima. Foi Jesus quem disse que daria a palavra certa na hora difícil (Mateus 10, 19-20). Ele também pede aos que nele confiam que não tenham medo. Aconteça o que acontecer, ele vai saber achar a solução (Evangelho segundo São João 16, 33). Como Jó, aprenderemos a dizer: *Deus não permite peso maior do que o que poderemos levar* (Jó 34, 35).

*

Nunca foi fácil crer e amar de verdade. Crer e amar de modo superficial é a coisa mais sensacional deste mundo. Basta decorar uns textos, repetir as mesmas frases num intenso marketing por mais adeptos, até que colem. Pode-se ficar sempre nas mesmas frases e respostas. A mesmice ronda a maioria dos templos, por conta de pregadores que não estudam nem se aprofundam. Vai sempre haver quem gosta disso e acha que agir assim é santidade e sabedoria. Mas santidade e sabedoria foi o que se viu naquela mãe. Que decisão dolorosa! Morreu na hora em que soltou aquele filho; e ressuscitou com ele, quando o viu fora de perigo. Se o menino tivesse morrido, ela teria conseguido salvar o outro, mas o coração teria morrido com o filho que precisou deixar nas águas. Mães costumam ser misteriosas. Mas estão mais perto da solução. A vida mora mais tempo dentro e perto delas.

Segurar e soltar

Há sabedoria em deixar um filho ir...

O exemplo da mãe salomônica que, em meio ao tsunami, soltou o filho mais velho para salvar o menor deve servir de reflexão. Quando segurar e quando soltar? Que filho deve ser segurado e que filho, solto? Há os que amadurecem mais depressa. E há os que exigem mais cuidados. A chave do mesmo carro cedida ao filho de 22 anos não pode ser posta na mão do filho de 26. Tem mais idade, mas menos capacidade. O de 26 anos bebe e é usuário de drogas.

Você faz isso com seu cãozinho quando sai a passeio, faz com seu carro, faz consigo. Não há por que não fazer com os filhos. Há hora para soltar a cordinha, o anzol e os freios de mão e de pé. Há hora de frear, prender e segurar, por mais que o cãozinho não queira, por mais que o peixe se debata, por mais que o filho teime. Um dia, ele terá condições de ir aonde quer, mas agora não. Ele reagirá dizendo que sabe, mas não sabe; que saberá se cuidar, mas não saberá. Erro dele se insistir numa liberdade para a qual não está pronto. Você não pode nem deve ceder. Conforme o caso, o juiz poderá decretar prisão para o casal omisso. Não se solta um filho despreparado para ir...

Mas será erro seu se, estando o filho em condições de ir, por ter idade e, mais que isso, maturidade, você o prender ou segurar. E é o que, com muitos subterfúgios, alguns casais fazem.

Mães possessivas ou grudentas demais atrapalham a vida afetiva e o crescimento do meninão ou da moça. Interferem nos namoros e na liberdade. Os filhos de tais pais ou mães precisam de ajuda para se libertarem, mas tais pais ou mães precisam de ajuda para aprender a soltar sem sofrer chiliques.

Se isso ainda existe? Pois é! Numa era de tanta liberdade e de tanto individualismo, há milhares de moçoilos e moçoilas de 35 a 40 anos que não conseguem nem sair do ninho, nem montar o próprio, nem amar o suficiente outra pessoa de qualidade, porque o aconchego doméstico virou suave jaula. Os pais não soltam, nem os filhos o querem. Se é bom? Perguntem aos estudiosos da alma. Em geral, não é!

Questão de Rumo

A era das guinadas

Não buscam a verdade. Buscam quem lhes fale com mais unção e convicção.

Há um poder quase irresistível atrás de alguns microfones. Pode ser de Deus e pode não ser. Há políticos, pregadores marqueteiros e conferencistas persuasivos. Seu poder de convencimento é extraordinário. Depois de ouvi-los você compra, contribui, entrega-se, vota, aceita tudo. Nada mais que venha de qualquer outro lhe interessa ou faz sentido. Foi vencido e convencido por aquelas falas daquele homem ou daquele grupo de homens. Nunca mais outra voz ou outro argumento o tirará do novo caminho. Você foi conquistado e vencido. Por Deus? Pela verdade? Pelo pregador? Pelo político de fala poderosa? Quem discordar dele não presta? Quem lhe propõe outra maneira de ver as coisas é do demônio ou do mal?

Ligue sua televisão e veja o mar de gente que vai ouvir o mais famoso pregador do momento. Observe os que vão ouvir o político que postula o poder. Preste atenção aos que acreditam que só aquele produto atende às suas necessidades. As pessoas querem certeza, querem ouvir garantias, e estão prontas para serem seduzidas. Se alguém chegar com o discurso de que elas finalmente acharam o que precisam e procuravam, este alguém as terá nas mãos.

Numa sexta-feira, por volta das vinte horas, vi num canal de televisão uma reportagem sobre o sucesso. Anunciava o poder da fé e uma reunião de empresários às segundas-feiras. Dizia que 318 pastores orariam juntos e quem passasse por aquele corredor de homens abençoadores veria mudanças em sua vida. Era mais um congresso empresarial. Para aquela semana anunciava-se "o segundo passo para se obter o primeiro milhão". Era uma igreja da prosperidade, acentuando o poder da fé para quem quisesse enriquecer e obter sucesso financeiro.

A multidão filmada numa das sessões mostrava como a fala dos pastores era convincente. A igreja ensinava maneiras de ser feliz e ficar rico. Os vários passos daquela catequese ensinavam como sair da pobreza, das dívidas, e como, com a graça de Deus, obter prosperidade. À primeira vista, alguém com outro conceito de fé condenaria o discurso. Alguém que vê a fé permear toda a vida acharia normal. Se Deus cura, por que não daria riquezas? Ateus persuadem, políticos persuadem, vendedores persuadem. Por que uma igreja não pode persuadir os fiéis a desejarem riqueza e conforto?

Sei de muitos empresários que mudaram de religião e atribuem o atual sucesso à guinada na fé. Sei também de descrentes que enriqueceram apostando nos negócios e atribuem a seu tino e a uma série de fatores o dinheiro que apareceu na hora certa e no tempo adequado. E sei de religiosos que poderiam ter ficado ricos com sua pregação, mas escolheram a pobreza e a simplicidade.

Deus ajudou o ateu? Deus ajudou e inspirou quem quis ser pobre? Deus inspirou o religioso que pediu e conseguiu riqueza? Deus abençoou o pregador pobre e o que ficou rico? As duas escolhas agradam a Deus? Jesus poderia ter sido rico? Tinha talento para isso? Se tinha, por que escolheu ser pobre? Por que pregou contra a riqueza exagerada e contra os ricos injustos? Por que valorizou a pobreza e proclamou os pobres bem-aventurados?

*

São sentenças de Jesus: "Mas ai de vós, ricos, porque tendes a vossa consolação!" (Lucas 6, 24); "Bem-aventurados os que têm um coração de pobre, porque deles é o Reino dos Céus!"

(Mateus 5, 3); "Respondeu Jesus: 'Se queres ser perfeito, vai, vende teus bens, dá-os aos pobres e terás um tesouro no céu. Depois, vê, e segue-me'" (Mateus 19, 21); "E, olhando Jesus em derredor, disse a seus discípulos: 'Quão dificilmente entrarão no Reino de Deus os ricos!'" (Marcos 10, 23).

Teria Jesus ensinado seus discípulos a buscarem sucesso e riquezas? Jesus persuadiu seus seguidores a se tornarem ricos? Aquele que ensinou que as raposas têm tocas e as aves têm ninho, enquanto ele mesmo não tinha um lugar seu para reclinar a cabeça, teve milhões de discípulos ricos, entre os quais muitos pregadores. O que ele diria a um pregador com mais de dez milhões no banco?

Milhões de fiéis não buscam a verdade. Buscam quem lhes fale com certeza e garantia de vitória. Correm para ouvir o pregador que lhes garante que são eleitos, que terão sucesso, conseguirão fortunas ou equilíbrio financeiro, cura para as enfermidades e bênçãos garantidas, desde que contribuam para o crescimento do Reino de Deus. Milhões votam no político que lhes promete que, se o fizerem presidente, tirará os pobres da pobreza e não permitirá corrupção e bandidagem no país. Com ele, o país terá paz e progresso, mas precisam votar nele e nos partidos que o apoiam. Pregação persuasiva e convincente... Você acreditou? Agora, qualquer um que ouse questionar seu voto, seu eleito, sua nova fé e os pregadores dela é do demônio? Ou quem questiona pode estar certo?

*

Era uma vez um famoso professor de Matemática que convenceu os alunos de que 22 + 22 não resultava em 44. Mas não soube explicar por quê. Segundo suas contas, o resultado era 43,5. Os alunos mais fiéis jamais quiseram outra explicação. Saíram da aula seguros de que 22 + 22 dava 43,5. Segundo eles, o querido e iluminado professor jamais ensinaria algo errado. Errado fora o novo professor que ousara teimar que o resultado era 44. O novo professor não tinha unção, não falava com convicção e entusiasmo nem era iluminado, logo, estava errado! Não aprenderam que unção e convicção são duas coisas diferentes. Verdade é ainda outra! Nem todo sujeito convicto é verdadeiro. Ensine isso a seus filhos!

Pais que amam demais

Optar por um dos filhos é optar pela mágoa dos outros.

Pais que amam demais um filho forçosamente acabam amando menos os outros. No livro do Gênesis, capítulos 37 a 50, há uma história triste, mas bonita, porque acabou em reconciliação. Tem tudo a ver com a vida em família. Debrucemo-nos sobre ela.

*

Jacó não era um mau sujeito, mas tinha lá os seus pecados... Mimado pela mãe, fez algo muito desonesto contra seu irmão Esaú e seu pai Isaque. Enganou-os. Foi malandro e falso, e sua mãe o ajudou a mentir. Por lei, o direito de sucessão era de Esaú, seu irmão gêmeo, mas o primeiro a nascer. Jacó se fez passar por Esaú e ganhou do pai Isaque a promessa e a bênção que de direito a Esaú pertenciam. Esaú demorou a perdoá-lo por isso. Até juras de morte aconteceram. Viveram longe um do outro para que a rixa não terminasse em fratricídio. Muitos anos depois, Jacó pediu perdão e Esaú o perdoou.

Mas Jacó parece não ter aprendido. Cresceu, casou-se, teve doze filhos e imitou a mãe. Preferiu um deles aos demais. Amou José mais do que os outros onze. O menino se dava ao luxo de sonhar e vadiar pela casa, enquanto os irmãos se ralavam no campo. Ninguém gosta disso, e Jacó deveria saber. Mas não sabia, porque, um dia, acabou dando ao filho especial um manto multicolorido e psicodélico. Para os outros: nada!

Aquela foi a gota d'água. Os outros perderam a cabeça.

– Para o queridinho do papai, tratamento de príncipe; para nós, tratamento de empregado! É assim, é? Pois isso não vai ficar desse jeito! Não desta vez!

Um deles decidiu matar José, que, mimado como era, nem percebia o que suas palavras causavam nos irmãos. Podia ser profeta, mas tinha muito que aprender na vida. Não fosse por Rubem, os outros teriam cometido um bárbaro fratricídio.

– Reclamar, sim, mas matar um irmão? Que é isso, manos?

Era demais! Sugeriu que o vendessem como escravo a uma caravana e dissessem ao pai que o filho preferido morrera nas garras de um leão. Dito e feito! Ganharam seu dinheiro sujo e se livraram do irmão preferido e queridinho do papai.

A história prossegue. Deus deu uma lição a todos: *ao pai Jacó*, que exagerara no amor por um dos filhos; *ao sonhador José*, que gostava de sentir-se eleito e mais especial que os outros – tivesse ou não mais talento, algo que, aliás, alguns pregadores modernos andam ensinando pela televisão –; e *aos outros irmãos*, que levaram sua revolta à loucura de querer matar e, por fim, vender como escravo o irmão vaidoso e metido a besta.

Porém, José era pessoa boa. Bonitão, não se deixou seduzir pela patroa, e acabou injustamente denunciado e preso. José passou um longo tempo no cárcere e sofreu mais que todos os irmãos. Amadureceu com isso e aprendeu a respeitar quem tivesse menos dons. Chegou a vice-rei do Egito, mas agora com outra cabeça.

Chegou uma terrível seca, e os irmãos e o pai ralaram de fome, sobretudo os irmãos, quase assassinos, que nunca mais esqueceram de sua vingança exagerada e maluca. Eles dariam tudo para reencontrar o irmão que tinham vendido como escravo... Reencontraram-no, e do resto já sabemos. Fizeram as pazes e todos se converteram à fraternidade. O pai Jacó, já muito velho, converteu-se à paternidade.

Moral da história: 1) Jacó aprendeu que não é possível amar de canequinha, dando exatamente o mesmo amor para cada filho, mas os pais podem fazer um esforço para tratar os filhos com justiça e igualdade. 2) Há pais que protegem escandalosamente um dos filhos, enquanto pisam nos outros. Isso não é ser pai nem mãe. Acabam prejudicando sua cria preferida e também as outras, abandonadas. 3) José aprendeu que não se sai por aí diminuindo a luz dos irmãos e se achando mais que eles. 4) Os outros irmãos aprenderam que revolta tem limite; afinal, não é com vingança e violência que se deve resolver problemas familiares.

*

Essa história deveria ser contada mais vezes nos templos, sobretudo no que se refere a igrejas, grupos e crentes mais eleitos que os outros...

Moral: leque ou funil?

Afunilar a vida pode ser um jeito de morrer antes da morte.

Moral supõe abertura serena, e não fechamento assustado. Supõe capacidade de processar os dados, e não de deletá-los em favor da única maneira que conhecemos de viver. Supõe a sabedoria de jogar fora o gomo podre da tangerina, mas aproveitar todos os outros gomos. Não é sábia a pessoa que despreza toda a fruta porque detectou nela um gomo podre. Quando, na sua espiritualidade, tudo termina em funil, questione sua espiritualidade.

É de Pia Fraus, jovem dona de um conceituado blog, a reflexão que segue. Jovem, inteligente e questionadora da mídia (seja a mídia religiosa ou não), disse uma vez, numa sala repleta de amigos, que há pregadores ou divulgadores que afunilam a fé. Enquanto com os outros um bom livro rende vinte discursos, com estes, vinte livros rendem o discurso de sempre... Lembram máquinas de fazer linguiça. Não conseguem se abrir nem para o antigo nem para o novo. A mente deles não hospeda senão o imediato e o fácil. Viciaram na mesmice. Já os pregadores-leque são pessoas com substrato. De onde vem uma ideia virão milhares mais. Acumularam e assimilaram conhecimentos. Não sectarizaram nem setorizaram a vida.

Eram estranhos aquele mafioso, aquele prefeito corrupto, aquele matador profissional e aquele coronel violento. Lá fora, crimes em cima de crimes, roubo, corrupção e ameaças à ordem pública. Em casa, a mais perfeita harmonia... Carinhosos com mulher e crias; violentos, assassinos, implacáveis, corruptos até a medula perante o Estado e os outros... Não tinham moral familiar. Quem não tem a outra moral não pode falar em moral familiar. Moral não se localiza apenas porta adentro. Ou a moral familiar contempla todos os outros aspectos do viver ou o sujeito não é homem de família. Não faz sentido ser um anjo da porta de casa para dentro e uma canalha ou um demônio da garagem para fora.

*

Nosso país precisa de gente com a mente aberta, mas sem cair na esbórnia, com moral familiar, sociopolítica, religiosa e profissional, sem perigosos afunilamentos. Não acredite no sujeito que é bom pai e bom marido em casa e péssimo cidadão lá fora. Ele tem duas caras. Mais cedo ou mais tarde, a máscara de homem de família também cairá. Quem não respeita uma cidade e uma nação não se imagine anjo porta adentro. Ali, apenas muda de máscara! Também não acredite na pregação de quem anuncia o pobre Jesus que não tinha onde reclinar sua cabeça (Mateus 8, 20), mas depois vai repousar no seu palácio fortificado, no maior conforto e num luxo que 99% dos ouvintes jamais teve ou terá. É prosperidade ao estilo José do Egito. Mais cedo ou mais tarde semeará conflitos.

Ainda de mãos dadas

Beijo sereno, porque os ardentes
têm lugar para acontecer.

Era bonito aquele tempo em que ele punha as mãos nos ombros dela, ou quando andavam publicamente de mãos dadas. Alguém decretou e espalhou que o gesto estava fora de moda. Mas durou pouco. Os casais voltaram a se dar as mãos e a se beijar discretamente em público. Beijo sereno, porque os ardentes têm lugar para acontecer. Afinal, são pessoas que se controlam...

Há os escandalosos e inconsequentes. Não importa se há crianças por perto. A presunção é a de que elas não entendem. Agem como se estivessem em cena de novela. São exibicionistas. Não mostram seu amor, exibem-no. Quanto ao carinho sereno e discreto em público, que falem, mas, se não inventaram coisa melhor, que se calem! O fato é que continua bonito ver a mão dele segurando a dela sem nenhuma outra razão além do carinho entre dois seres humanos...

Casais idosos ainda o fazem e há casais jovens que não abrem mão desse privilégio. O gesto não tem nada de antiquado. Diz muito ao coração dela e faz bem ao homem que ele é. Mostra publicamente que há um laço a prender os dois com suavidade. As mãos falam e ajudam a dizer coisas boas e más. Ferem ou abusam, mas também passam cuidado, carinho e ternura. Aquelas mãos dadas são mãos de pai e mãe, ou de quem o será. São mãos que cuidaram, cuidam ou cuidarão de vidas tenras e carentes. Que diferença entre o rapaz e a garota abraçados e de mãos dadas, seus avós carinhosamente ligados pelos braços, e o casalzinho que se amassa libidinosamente em pleno shopping! Amor classudo é outra coisa!

Mãos levantam queixos, afagam cabelos, tocam olhos e testas, seguram mãozinhas inocentes, curam feridas, fazem comida, lavam corpos e roupas, constroem brinquedos, afagam bochechas, alisam cabelos brancos, plantam, colhem e beneficiam, assinam decretos, ajudam os pobres e tornam o matrimônio uma fonte de vida. Protagonizam na terra o prolongamento do *raham*, o colo de Deus. Nada mais justo, portanto, que homem e mulher caminhem de mãos dadas, porque é bom, é terno, simboliza um vínculo, e é testemunho de que alguém está amando outro alguém.

Em algum ponto da caminhada, muitos casais perderam esse delicado e belíssimo costume. Em era de tanta violência fora e dentro do lar, de tanta indelicadeza, ingratidão, ameaças e perda de valores, há costumes que devem ser preservados e incentivados. Um deles é a ternura do casal de mãos dadas. Não faz sentido que duas pessoas que se amam caminhem sistematicamente separadas, como se estranhas fossem.

Era bonito, simbolizava cuidado e laços de família e todos podiam ver! Que volte a simbolizar a unidade! Prefiro ver isso a homens indelicados e mulheres magoadas e de rosto sombrio, avexado ou desenxabido, ao lado do homem que um dia foi a razão de seus sorrisos. Pequenos gestos podem fazer a diferença. Parecem bobos e fora de moda, mas não são mais tolos e fora de moda do que um casal se espicaçando na frente dos outros e agindo como se o outro não significasse mais nada em sua vida.

Que se reze o Pai-Nosso de mãos dadas, e que se comece pelos casais!

Sugerir, obrigar e proibir

Na maioria dos momentos o outro vem primeiro.

Sugerir, obrigar e *proibir.* São três verbos que, de certa forma, permeiam todas as religiões. O que começa como sugestão e revelação do céu, em pouco tempo, por fraqueza dos motivadores, acaba em imposição, obrigação e proibições. Dá-se o mesmo em família. Sugere-se. Se a criança não entende e não acata, a paciência acaba e a sugestão torna-se ordem. Não faz por bem, faz por medo!

A maioria das religiões prefere sugerir, mas todas têm proibições severas, abertas ou veladas, com relação a determinados assuntos. "Um judeu, um cristão, um muçulmano não fazem isso...". "Entre nós é proibido". Dá-se o mesmo entre as igrejas. O que era permitido numa, agora é proibido para quem se converteu para outra. E o que era proibido, agora é permitido. Quem mudou? Deus, ou seus intérpretes?

*

Igrejas sugerem com veemência ou obrigam a determinadas práticas de tempo em tempo. E a gente se pergunta: é possível uma religião que nunca proíba? Seria como perguntar se é possível um trânsito que não tenha sinal vermelho, ou uma família que não permita e nem proíba. Seria ilusão esperar que pais educassem os filhos apenas com conselhos e sem proibição alguma. Filhos transgridem e passam dos limites. Se adultos o fazem, por que não as crianças? A verdade é que a vida é composta de experiências positivas e negativas, e de entrelaçamentos e contatos humanos. Alguém, em determinado momento, terá primazia sobre o outro; haverá momentos em que o outro vem primeiro: a maioria dos momentos. Como no trânsito da vida, o sinal é aberto para alguns e, depois, para outros. Na espera mora a proibição.

É impossível uma fé que não tenha exigências; impossível incluir-se numa comunidade sem aceitar as obrigações da vida em grupo. É impossível jogar futebol sem aceitar as regras do jogo, as determinações do juiz e as orientações do técnico; deixaria de ser futebol se cada um jogasse como bem entendesse. A pessoa não se encaixaria. Geraria conflitos. Obrigar, sugerir e proibir é mais ou menos como dirigir o trânsito. Todas as luzes têm sua importância. Importante, porém, é que o sinal verde fique mais tempo aberto do que o vermelho, senão a cidade não andará. Boas famílias e boas religiões costumam ter o sinal verde aberto mais tempo do que o vermelho, mas não poderiam viver sem o vermelho. As religiões, se quiserem ser religião, precisam proibir, mas se quiserem ser libertadoras devem permitir mais do que proibir. Vermelho demais descamba em fanatismo.

Retoques

Envelheça com sua família.

Aviões, carros, navios, naves espaciais, casas... tudo o que o homem faz está sujeito a acidentes. A maioria dos veículos são aposentados por velhice. Para evitar acidentes maiores, os técnicos em manutenção reforçam constantemente as peças e reparam as danificadas. Famílias também estão sujeitas a acidentes. Várias se desmantelam da noite para o dia. Muitíssimas davam sinais de desgaste, mas não houve nem reparos nem manutenção. O casal deixou a relação se deteriorar.

Carros novos são mais interessantes. Há quem idolatre o veículo novo, esquecido dos terríveis acidentes com motos e carros zero. Amor fogoso é como esses veículos feitos para altíssimas performances. Um dia o potente motor falha. E o carro de ontem o ultrapassa sereno, refeito e bem cuidado... Milhares de famílias chegam aos sessenta anos sem graves acidentes. São aquelas em que o perdão refez as trincas e as rachaduras. Lembra-se do Simca Chambord do vizinho, que ainda hoje parece novo em folha? Ele não deixou que o carro se deteriorasse. É o antigo bem cuidado. Interessa-lhe construir esse tipo de relação? Repare e retoque sua família. Envelheça com ela!

Filhos e fraternos

Ou aumentou o número de pobres ou a bondade dos ricos diminuiu.

Passando do campo da mística para o da sociologia, mergulhemos mais fundo. Somos filhos. Deveríamos ser também fraternos. Não somos! Sisudos senhores, gentis senhoras e senhoritas paravam no farol; o encarquilhado senhor lhes pedia a caridade de uma moeda que tilintasse no seu bonezinho branco. Teria uns sessenta anos, que mais pareciam noventa; ensaiava trejeitos de pessoa anormal; trejeitos de quem não tem, e talvez nunca teve, como prover o próprio sustento. De cada cinquenta, um reagia em seu favor.

De vez em quando, se ele parasse perto, eu lhe falava e jogava as moedas que tinha no painel. Ele dançava de feliz. Um dia, farol vermelho ainda aceso, disse-me:

– Ninguém mais ajuda um pobre. Quando eu era mais moço eles davam mais. Ou aumentou o número de pobres ou a bondade dos ricos diminuiu.

Naquele dia eu vi que ele falava e pensava. Demonstrava ter algum estudo. Em mais duas frases percebi que sofria de grave disfunção que o inabilitava para qualquer emprego: déficit de atenção.

Mas sua primeira frase tilintou na minha mente. Fui embora pensando na sua sentença. O mendigo estava certo. Nos velhos tempos o país não era tão capitalista e, por isso mesmo, era mais solidário; havia pobres, mas não tantos, nem tão chocantemente pobres. O capitalismo vai se fazendo mais selvagem à medida que a competição aumenta; escolhe mais e privilegia o indivíduo sobre o coletivo; dá incentivo a quem mais pode e estabelece competições que alguns cidadãos não conseguem encarar.

Um homem com déficit de atenção acabava de analisar o Brasil de agora: pouca gente ajuda os carentes, nem mesmo com moedinhas que sobram no painel... A psicologia dos que negam ajuda "progrediu" de tal forma, que se desconfia de quem pede e, por questões filosóficas, evita-se ajudar um pobre para que a esmola não o vicie. Não há tempo de perguntar ou verificar se sua miséria é real. Então, generaliza-se... Mesmo não se acomodando, o que resta a um homem de sessenta anos que nunca estudou ou que não tem habilidade motora para os trabalhos mais comuns, e que não tem, nem da parte do governo nem das Igrejas, uma garantia de que terá o que comer no fim do dia? Deve fazer o quê? Morrer de fome? Morrer de se explicar? Morrer de esperar? Ou vai à luta e pede duzentas vezes para conseguir cinco?

*

Solidariedade é a palavra. Filhos educados para agir de maneira sólida terão muito mais compaixão do que os socialmente desligados com dinheiro no bolso ou no painel. Solidário é o sujeito sólido que consegue caminhar junto, sentir-se na pele do outro, colocar-se no lugar de quem foi ferido e imaginar como é a vida a partir daquele ângulo.

Solidário é quem acha sempre alguma moeda em algum lugar do bolso ou do carro para dar a alguém que talvez não ganhe mais do que cinco reais por dia. Solidário é quem não diz que não tem quando tem. Não mente para o mendigo, que talvez minta para inspirar pena... A solidariedade nasce da fraternidade. Filhos fraternos costumam ter maior consciência social. Na casa deles se reparte. Se me sinto irmão de todos, sou solidário. Se não me sinto irmão, dou um jeitinho de fazer de conta que não tenho ou não vi. É o que fazem os motoristas nas esquinas repletas de meninos e velhinhos pedintes. São tão responsáveis que decidem não dar. Mas também não agem para que o governo faça algo por eles. Assim, nem o cidadão nem o governo agem. Para não alimentar possíveis vagabundos, tornamo-nos filósofos debochados e insensíveis. Achamos mais razões para não ajudar do que para ajudar. Uma família solidária faria a diferença: ajudaria alguma instituição, que faz o que o cidadão comum não tem como fazer...

Só tem sentimentos fraternos para com todas as pessoas aquele que se sente filho e encara os outros como filhos de Deus. Daí a importância da doutrina da paternidade universal. Dela nasce a doutrina da fraternidade universal. Religiões e povos se desentenderiam menos se todos vissem o outro como filho do mesmo Criador. Não veem. O triste é que alguns são crentes de oração diária. Jesus foi direto ao ponto quando contou a Parábola do Bom Samaritano. Antes do viajante que acolheu o homem espancado haviam passado um sacerdote e um levita, pregadores da fé... (Lucas 10, 30-37)

Em todas as religiões, há quem assimile a doutrina e quem não consiga vivê-la. Para alguns de nós é complicado ser solidário e fraterno. Perderíamos mais... Há os que não conseguem sê-lo nem mesmo com os irmãos de sangue, de quem roubam, e a quem chantageiam ou tentam prejudicar de todas as maneiras. Há os que não conseguem ver beleza na igreja ou no partido do outro, porque só se sentem irmãos dos da sua igreja e da sua família. O resto é resto: escória e trevas. Decidem que só os bonzinhos e convertidos para o seu modo de ver a vida são irmãos. Daí a ver como adversário e inimigo quem pensa, prega e dança diferente é um passo. Não conseguirão nunca ser solidários, porque pensam em Deus como seu pai, e não como pai dos outros. Temos um longo caminho a percorrer para que o mundo se torne mais fraterno e solidário. Se não começar no aconchego da família, a chance é de que não comece nunca! Não chegaremos à fraternidade sem um conceito claro de pessoa e de família. Para nós, cristãos que cremos que Deus é Pai e é Filho, deveria ser mais fácil. Não tem sido!

Controle próximo remoto...

Se na sua casa entraram imagens inadequadas, é porque você deixou.

Noite de segunda-feira, um após outro, você observa os canais da televisão que assinou. Três artistas tiram ou não o chapéu para pessoas e fatos, comentaristas esportivos analisam clubes, um filme mostra fortes cenas de violência, um entrevistador recebe amigos, a entrevistadora elogia todo mundo e mostra gente bonita e famosa, pessoas cultas entrevistam pessoas cultas, igreja pentecostal apresenta programa sobre temas da vida e se dispõe a discutir problemas dos fiéis, televisão apresenta filme de terror, cantor de igreja pentecostal canta sobre sua eleição em Cristo e de como agora é um vencedor, televisão de católicos apresenta entrevistas e canções sobre fé e testemunho de vida. Em outro canal, meninas semidespidas ou em minúsculas lingeries desfilam e cantam sobre sexo com gestos provocativos. Para as crianças, desenhos animados, filme de bruxos ou de violência, nos quais um único herói norte-americano bem equipado mata mais de quarenta inimigos. Televisão de pentecostais ora por milagres e um pregador entrevista o demônio que entrou numa pessoa. Esporte, comédia, notícias, violência, erotismo, piadas sobre homossexuais, moças que explicam as vantagens de haver posado nuas e são aplaudidas pelo mais novo trabalho na *Playboy*...

*

Há de tudo na televisão. Para quem quiser, chanchadas e erotismo, temas provocativos, violência e mortes, além de muito sangue. Para os religiosos há, pelo menos, oito opções de igrejas cristãs. Há esporte, moda, danças, canções, cenas da natureza, programas educativos. Você, provavelmente, tem um controle remoto com o qual pode controlar as imagens que entram em sua casa. Se nela entraram imagens inadequadas, é porque você ligou e, em vez de passar adiante, ficou lá, vendo.

Moral da história: se há pessoas que pecam mostrando, há quem peque olhando. Quando o trem e o caminhão passam, você não fica na frente deles. Se fica na frente da televisão sem reagir, é porque aceita ser atropelado por ela. Há um controle remoto na sua mão. Assuma o controle. Se não entram bandidos, nem plantas venenosas, nem lixo em sua casa, que não entrem programas bandidos que possam prejudicar sua família! Você sabe defendê-la de tantos outros males; defenda-a também de mensagens negativas. Se ensinou as crianças a não beberem coisas prejudiciais e sujas, ensine-as também a não vê-las. É só questão de dialogar um pouco mais! Utilize-se de suas facas sem se cortar!

Faca de dois gumes

A cozinheira inexperiente parou no hospital.
Não prestou atenção nos dois gumes da faca.

Segundo os jornais, a menina de treze anos utilizava-se da internet para se prostituir. Um rapaz de pouco mais de vinte anos utilizou-se da internet para encontrar sexo. Acabaram se encontrando, e ele a estrangulou. O assunto repercutiu nos Estados Unidos e no mundo. Ela encontrou a morte porque foi longe demais na sua adolescência precoce. O desequilíbrio veio dos dois lados. E aqui vale uma reflexão sobre os perigos da internet. Nem todas as pessoas que enviam mensagens ou as recebem têm equilíbrio emocional, e, por não se conhecerem nem conviverem, acabam idealizando ou achando que encontros virtuais não fazem mal algum.

Qualquer pessoa pode ter acesso a praticamente todo tipo de mensagem na internet. Há muitas crianças e adultos com problemas mentais acentuados tendo acesso a informações que não lhes convêm. O que é pior: levam adiante, do virtual para o real, muito daquilo que a internet lhes trouxe. Se ela é um veículo maravilhoso de comunicação, também é um perigosíssimo instrumento nas mãos da pessoa errada. Por trás daquele teclado há pessoas com vontade de roubar e matar, e há pessoas com vontade de ensinar o bem.

É um veículo abençoado, mas não como qualquer outro. Nele navegam pessoas abençoadas e outras com ideias malditas, corações abençoadores e amaldiçoadores.

Certamente, a internet não pertence ao demônio, mas também está longe de pertencer a Deus. Na verdade, a internet é um caminho, porém, ao que tudo indica, ela mesma ainda não achou o seu. É um potro xucro que às vezes se deixa montar e às vezes não. A maioria das pessoas sabe usá-la, mas ainda não consegue domá-la...

Ninhos apertados

Era uma casa riquíssima, mas sem conforto. Os pais não tinham tempo para ficar com os filhos.

Homem e mulher que se amam investem num teto onde possam criar filhos. Estes crescem. Aparecem outros casais com os mesmos sonhos e a necessidade de mais um teto. Então, os construtores idealizam novos ninhos. No espaço de um campo de futebol erguem quinhentos apartamentos com vagas para oitocentos automóveis – o que, é evidente, congestiona as ruas.

A vida se faz mais cara. Uma necessidade gera outra. Os casais aprendem a ser felizes no curto espaço de alguns metros quadrados. Isso quando têm dinheiro para comprar tanto espaço. Filhos dormem em leitos superpostos, disputam lugar dentro da casa e vivem como pássaros em gaiolas. Os voos precisam ser curtos. Mais pulam do que voam. Armários ficam pequenos. Nesse mundo diminuto, não poucas vezes moram na mesma casa avô e avó. Poucos reclamam, porque, ao menos, estão vivos e têm um leito.

Na cidade grande as pessoas ainda acham que vale a pena se apertar para sobreviver. Poucas famílias têm o espaço de que gostariam de usufruir. Com o aperto, vai-se a privacidade. Muitas brigas em família são resultado dessa carência. O "eu" de cada um precisa de espaço. E espaço está a cada dia mais caro. Sua família talvez viva uma realidade assim. Felizes os pais que conseguem fazer do pouco espaço conquistado um planeta cheio de ternura. É ela que atenua os choques e os confrontos.

Querido animal

Era exatamente o tipo de patrões
e de casa que todos os cães sonham ter.
Mas o sonho nunca é deles: é dos donos.

Era bonito ver o amor do casal pelos seus três cães. Aquilo sim é que era afeto. Carinho daqui, carinho dali, colo de lá, colo de cá, alimentos da melhor qualidade, passeios pela praça e, em casa, brincadeiras, conversa amorosa. Era exatamente o tipo de patrões e de casa que todos os cães querem. Não ter de caçar para sobreviver, não ter de desenvolver seu instinto animal, mas sim pular, dançar, latir, lamber as crianças e viver a vida de cão feliz. Quem não quer cãezinhos obedientes e treinados como esses? Que cão não quer patrões carinhosos e amorosos como esse casal?

Mas com os humanos a coisa era bem outra. Começa pelo fato de que haviam comprado terras suspeitas, de maneira suspeita. Um dos filhos fora embora morar com a avó porque não suportava conviver com os pais. Era alérgico, mas o pai não deixava o fumo, e a mãe não admitia uma casa sem os animais que amava desde a infância. Não houve jeito. O garoto, aos catorze anos, mudou-se para a casa dos avós. Sem o cigarro e sem os cães eles não ficavam. E a coisa era tão séria que nem as cozinheiras conseguiam se manter ali.

Um dos animais era um cão fila. Um dia, escapou do cercado e mordeu uma criança. A menina precisou amputar um dos dedos. Sacrificar o cão? Nem pensar! O homem foi coerente. Pagou todo o tratamento e se dispôs a pagar uma quantia para que os pais não levassem adiante o processo. Não fez ameaças. Mas fez uma exigência: que comprassem uma casa nova e se mudassem de lá, porque sem os cães ele não ficaria.

Amedrontados e um pouco aliviados, foi o que fizeram. A lembrança não seria agradável para a menina. Dizem os vizinhos que, agora, eles têm mais quatro cães. O filho que saíra de casa às vezes os visita, mas usa máscara. Os vizinhos mais próximos se mudaram. Os outros filhos também mudaram para a cidade. Eles continuam felizes, amando os lindos cãezinhos, que, às vezes, voltam a ser feras. Coisas de uma sociedade livre e altamente civilizada...

Antes que outros proprietários de animais se ofendam, é bom lembrar que muitos cães não incomodam a vizinhança, porque seus donos estabelecem limites para o carinho. Conheço dezenas de famílias que sabem onde pôr os animais quando recebem amigos. Ninguém deve ser obrigado a gostar de animais do jeito que eles gostam.

Um pouco mais de ouvidos

O Deus que abençoa os lábios também abençoa os ouvidos de pais e filhos...

O que falta para muitos jovens da nossa geração é um pouco mais de ouvidos dos pais com um pouco mais de conversa da parte de ambos. Muitos rapazes e meninas não conseguem isso em casa. Os pais ou não têm tempo, ou não têm jeito, por isso não conversam. Por esse motivo, nunca dão nem ombro nem colo. Os adolescentes ou jovens, portanto, têm a escolha de ficar sem ombro e sem colo ou de procurar ombro e colo maliciosos fora de casa; ou, ainda, de achar ombro, colo e palavra amiga em alguém da família.

Felizes deles quando encontram bons amigos, gente que realmente quer seu bem e os ajuda a não ter medo da vida! O Brasil é este imenso país que precisa de mais escolas e de mais colo de pai e mãe. As igrejas também precisam dar mais escola e atenção aos jovens, ou seja: colo espiritual.

O fato é que temos milhões de adolescentes e jovens que ficam meses sem ganhar um beijo, um abraço, um olhar amigo ou uma palavra afetuosa em casa. Algo que devia acontecer todos os dias, ou até várias vezes ao dia. O ser humano é movido a carinho, ternura, conversa e amizade. Faltando isso, falta o essencial.

Oremos para que as igrejas, as famílias e os pais se tornem mais ouvintes dos próprios filhos, porque, então, seus conselhos serão ouvidos. Sabe-se que quem ouve muito, na hora de falar também é ouvido!

Família
e Mercado

Indiferença

Faz tempo que as leis erráticas e caprichosas do mercado superaram a Lei de Deus. Até crentes obedecem mais a elas do que às leis de sua fé.

O problema do mundo não é falta de comida nem de dinheiro. Por enquanto temos água e terra agriculturável de sobra. A África, as Américas, o Canadá e a Austrália suportariam dez vezes mais uma agricultura sem desperdício de água. Esta, já sabemos como armazenar e até transportar. Recursos não faltam. O que falta é justiça e partilha.

Senão, vejamos:

- Por volta do ano 2000, as 3 pessoas mais ricas do mundo tinham patrimônio maior que o Produto Interno Bruto (PIB) dos 48 países mais pobres do mundo. Três pessoas valiam mais do que 48 países.

- Os 84 indivíduos mais ricos do mundo tinham patrimônio maior que o PIB da China, que tem mais de 1 bilhão de habitantes. Eles possuíam mais do que um bilhão de chineses.

- As 225 pessoas mais ricas do mundo tinham, somadas, mais de 1.000.000.000.000 de dólares. Isso mesmo: um trilhão, com 12 zeros. Isso equivalia à receita anual de 47% da população do mundo. Essas 225 pessoas possuíam mais do que 2,5 bilhões de pessoas juntas.

- Nos Estados Unidos, hoje se recuperando de grave crise econômica – embora sanável, porque é país de imensos recursos –, vive apenas 6% da população mundial. Mas estes 6% possuem ainda hoje cerca de 50% da riqueza do mundo. A outra metade fica para os outros 94%.

- O mundo gastava 900 bilhões de dólares por ano com despesas militares. Os poderosos norte-americanos gastavam quase 500 bilhões. Se apenas 10% desse dinheiro fosse usado para o bem, esses mais de 40 bilhões de dólares resolveriam as necessidades básicas da maioria dos países pobres. Água e comida, por exemplo...

- Se essas 225 pessoas mais ricas do mundo que possuíam 1 trilhão de dólares quisessem abrir mão de apenas 4% dos seus bens em favor da humanidade, o mundo teria 44 bilhões de dólares a mais em favor dos pobres. Seria dinheiro suficiente para assegurar o essencial a todos os pobres do mundo: água, esgoto, luz, alimentação, educação básica. Por cerca de 10 anos, esse montante diminuiria drasticamente a fome e a sede dos mais pobres.

O problema é de solidariedade. Não faltam recursos. Eles existem de sobra. O que está em escassez é compaixão! De lá para cá, a situação piorou!

Criança em época de crise

É estéril o matrimônio que não joga luzes sobre aquelas cabecinhas infantis ou adolescentes. Dê colo, mas também dê luzes a seu filho.

Em época de crise econômica, os vendedores se voltam para pessoas que não resistem à tentação de comprar; com isso, aumentam a crise e inflacionam o país. É essa a razão pela qual no Brasil em crise econômica usou-se tanto, e ainda se usa, a criança como objeto de propaganda. Literalmente vendem às crianças, e estas, aos pais, que não resistem ao desejo dos pequenos de comprar um objeto – objeto este logo consumido. Depois virá mais um pedido de "compra, pai", "compra, mãe".

Os alemães ocidentais, quando ainda havia duas Alemanhas, numa fase difícil, com a inflação a atingir pouco mais de 5% ao ano, decidiram sabiamente proibir às crianças abaixo de doze anos o ingresso em supermercados e lojas, bem como toda a propaganda a elas dirigida. A austeridade deu certo. A dona de casa, o novo rico, o operário qualificado e seus filhos, gente enfim que possui algum dinheiro a mais, deveriam ser conscientizados a não gastar com o que não precisavam. Consumo é uma coisa; consumismo, outra. Hoje, a distância de um *tablet* ou de um celular é um pulo ao shopping. A conta do banco vem depois do sonho... Um dos erros de nossos cidadãos é o desperdício e o supérfluo. E, quando não sabemos o que para nós é supérfluo, algo está errado conosco. Muito errado. Repercutirá na família!

Os jovens e o consumismo

O comunismo perdeu para o consumismo
quando os jovens daqueles países descobriram
os verbos comprar e possuir...

É provável que em muitos países do Oriente os jovens padeçam dos mesmos males. Seguramente, o será em Hong Kong, nas Filipinas, na Coreia do Sul e no Japão. Mas é ainda no Ocidente que um fenômeno típico da sociedade de consumo e divertimento em que se transformou a nossa chamada civilização ocidental mais afeta e machuca o jovem.

Falo de um fenômeno, o consumismo, que se poderia traduzir como a mania de comprar coisas novas pelo simples fato de serem novas, não por serem necessárias. Discos, livros, revistas, calças, sandálias, camisas, pranchas, enfeites e até alimentos – tudo é transformado em modismo e mania que pretende, desde o começo, massificar. A massificação cria a necessidade. A necessidade precisa ser logo superada para que se possa vender outro produto. Disso se encarrega o marketing com precisão de semanas e meses. E é assim que os jovens que no início do ano compraram o álbum do mais recente ídolo norte-americano, precisam, no fim do mesmo ano, comprar o mais recente álbum de outro autor, também ele norte-americano. Tem de ser banda que canta em inglês...

*

Tempos atrás, as sandálias "melissa" do mês anterior precisavam ceder lugar a outras, "francesinhas", mais modernas. Mas, assim que saíram da mídia e venderam os milhões de pares que o mercado poderia suportar, foi preciso criar outros nomes. O consumismo costuma rimar o novo com o diferente. Tem de ser diferente para ser novo! A roupa muda de seis em seis meses, quando não de dois em dois. Quem não adere não está dentro do esquema. Modelos desfilam em junho e julho as modas da próxima estação com panos e cores que "deverão" ser consumidas. Não se questiona. Nem adianta, porque não cola. A novidade fala mais alto. O comércio iria à falência sem o novo obrigatório. Modelos adolescentes com corpos esguios vestem roupas que nunca ninguém usará nas ruas nem em festas, mas que mostram combinações e tons principalmente dos trajes femininos para os próximos seis meses.

O sistema econômico do Ocidente e de alguns bolsões do Oriente precisa de compradores que não reajam contra, para que a economia cresça. Por isso, o bombardeio do marketing é cuidadosamente estudado. Escolhe-se quem fala e quem modela. É muito mais fácil convencer as crianças e os jovens a consumir. Em tempos de prosperidade, os adultos não poupam muito. Na economia de crise, os adultos se cuidam e o marketing força o consumo e leva os pais a gastarem mais do que podem. Por essa razão, o jovem, a criança e a mulher são os que recebem mais mensagens imperativas de *compre, estoque, mude, troque, experimente, gaste seu dinheiro!*

As mulheres costumam reagir, tornando-se mais seletivas, mas as crianças e os adolescentes criados em situação de conforto não costumam ceder. Querem o novo porque outros estão usando, e ter aquilo pode ser um passaporte para pertencer ao grupo.

*

Para a economia, pode até ser bom. Não o é para os pais, tampouco para o jovem. Quem aprende muito cedo a precisar de coisas demais não consegue, depois, viver com simplicidade. Com exceção de alguns jovens que rejeitam esse tipo de civilização, grande parte deles, inclusive os mais pobres, vive o sonho de ter mais e ter muito para ser alguém na vida.

A civilização do "ter" nunca educa bem seus jovens. Poucos deles aprendem a "ser". Em grande parte, é por isso que o Ocidente anda enfermo moral, psíquica, política e socialmente. Gerações inteiras cresceram com uma noção errada do que é ser pessoa. Precisam ter para ser.

Se não podem, forçam os pais ou roubam de quem trabalhou e comprou aquilo que desejam. O desejo é tão forte que princípios morais esperam. Moças de dezoito a vinte anos vendem os corpos, posam nuas para milhões em troca de uma casa, um carro e notoriedade. Adolescentes vendem drogas ou andam armados para arrancar o que podem dos transeuntes. Não importa como, o importante é o querer!

O consumismo facilmente leva alguém a confundir *sucesso* com *destaque*, *ser* com *ter*, *notoriedade* com *fama*, *brilho* com *holofotes*. Criamos a sociedade do adesivo. Quem o cola no lugar certo, tem livre trânsito e passa a ser aceito. Consumiu como todos os demais! Fica mais trágico quando o passaporte ou o adesivo respondem pelo nome de droga!

Gratuidade

Quando as dúvidas acabam

Quando achamos que o outro é menor e faz menos do que merecemos, a relação está em perigo.

Tenho visto e ouvido dos casais que verdadeiramente se amam que chega o dia em que os dois percebem que é dali para a frente. Ele aceitará sem se queixar os limites dela e ela tentará não entristecê-lo. Ela, por sua vez, aceitará os limites dele e ele tentará não magoá-la. Por isso, os dois precisam ceder e mudar. Param de dizer ou pensar que, se o outro mudar, o casamento vai dar certo. Só vai dar certo se ambos mudarem.

Um casamento nunca vai ser bom se um acha que já fez tudo pelo outro e que o outro é que não está entendendo. Há de haver menos exigências dos dois lados, mais cuidado e ternura de quem não a tem muito e mais paciência e calma de quem a tem. Reciprocidade é coisa boa, mas não existe reciprocidade de canequinha, do tipo: *eu te dou esta quantidade e você me devolve na mesma quantidade que eu lhe dei.* Não funciona assim. Um dia, um dá mais; outro dia, o outro transborda; certos dias os dois dão de modo igual, mas sem canequinha nem fita métrica. É no cômputo geral do mês que saberão que foi empate maravilhoso.

Mas é preciso estar atentos! Quando, inconscientemente, um dos dois quer vencer e garante que não vai "perder", ou um dos dois acha que o outro está falhando demais, a relação está em perigo. Quando o outro é igual, ou, às vezes, tão importante que parece maior e quando quase não há o que um não faria pelo outro, o casamento tem chance. Quando achamos que o outro é menor e faz menos do que merecemos, a relação está em perigo.

Os ajustes do casamento

Casamentos não saem prontos do altar ou do leito nupcial.

Casar sem se ajustar é o mesmo que comprar uma casa pronta e não fazer absolutamente nenhum reparo. Mais cedo ou mais tarde o casal descobre que o quarto pode ser melhorado. Um pouco mais de luz ajudaria. O carpinteiro que colocou a porta principal da nova casa teve de fazer muitos ajustes até que a porta funcionasse. Mexeu no batente, na porta, nos gonzos e na fechadura; depois veio o pintor. Os dois levaram quase três dias para ajustar uma porta pré-fabricada. É que ela estava preparada, mas não estava pronta...

Casamentos são assim. Não saem prontos do altar ou do leito nupcial, que hoje em dia é largamente antecipado, mas a ternura segue sendo a porta principal do casamento. Por ela entrará a felicidade dos dois, mas há outras portas. Por elas entram experiências desagradáveis e perniciosas. Dependerá do tipo de chave, da trave de segurança e do cuidado que terão com aquela porta. Quando alguém é zeloso do que tem, não deixa a porta escancarada. Mas para que as portas da vida a dois funcionem, os dois precisarão fazer ajustes.

Nada mais errado do que um casamento em que um, em nome do trabalho ou da profissão, ou do projeto que fez para ambos, exige que o outro engula tudo. Afinal, dizem, está se priorizando a felicidade do casal! É o ponto de vista de um, mas não o de ambos. Quem casa quer amar e ser amado, e isso exige gentilezas, atenção, cuidados, proximidade, presença, intimidade e momentos quase sagrados e só do casal. E não podem ser poucos nem de qualquer jeito. Os ajustes são fundamentais para que os dois possam viver bem e segurar a relação.

Nosso tempo supervaloriza o indivíduo em detrimento da comunidade. Mas é de comunidade que se trata quando alguém se casa. Quem quer que o outro se adapte, mas não faz nenhum esforço para que a pessoa com quem se casou se sinta bem, prometeu e não cumpriu sua parte do trato. A ternura é a argamassa que mantém o casal unido. Se não funcionar, haverá conflitos...

Amor que não deu certo

Casamento 50 por 50 não existe. Um dia será 51 para um e 49 para o outro, e vice-versa... Ou isto, ou será injusto!

Era para ter dado certo. As alegrias, os risos, o sexo atrevido, os êxtases, as viagens, tudo o que vocês sentiam um pelo outro, as luzes, a festa, os primeiros anos, tudo parecia dizer que seria para sempre. Era o que vocês diziam e até se gabavam disso junto aos amigos. Viviam dizendo que o matrimônio era meio a meio. Os dois venciam e nenhum levava vantagem.

Então, precisamente, o que aconteceu para que, em seis anos, vocês acabassem onde acabaram? Nem se ver desejam mais! Não houve um "precisamente"... Foram as exatidões e as precisões fictícias do relacionamento que deram fim ao que foi bonito, mas deixou de sê-lo, à medida que vocês teimavam em empatar em tudo. Mais tiravam do que davam um ao outro. Foi uma união utilitária que se media pelo toma lá, dá cá. Quando um começou a não poder dar mais o que dava, vieram as reclamações do tipo *eu faço e você não faz.* Faltou gratuidade.

A verdade é que, desde o começo, não houve renúncia. Vocês transformaram seu casamento em barganha. Eu dou um, você dá um. Eu dou dois e você dá dois. Dirigiram a união como se dirige uma firma. Só que nem lá as parcerias são de 50% + 50%. É sabedoria vencer de pouco e perder de pouco e cada qual aceitar o mais ou o menos do outro com o respeito de sempre. Não aceitavam o "mais" a favor do outro, por menor que fosse.

Sempre que um tinha que renunciar mais, reclamava. Não perceberam, mas o que estragou o casamento foi a mais-valia. Toda vez que um recebia menos, protestava. Toda vez que um achava que o outro estava lucrando mais com a relação, protestava. Foi tudo medido a canequinha.

O erro esteve ali. Quantificaram e metrificaram demais a relação. Se é verdade que ninguém pode perder sempre, nem vencer o tempo todo, também é verdade que, se alguém perder por algum período e mais vezes em seguida, demonstra que não quantificou sua relação. Em geral, um casamento dá certo quando os dois, em vez de quantificar, qualificam o que fazem. Se for preciso, aceitam perder algumas vezes seguidas pelo bem do outro. É melhor do que a falsa medida do "um para mim, outro para você", "minha vez, sua vez"... Vocês quiseram a igualdade absoluta e os direitos metade para cada lado.

A vida não funciona assim. Uma laranjeira não dá 50% de laranjas de um lado e 50% do outro. O pé de couve não produz o mesmo número de folhas para cada lado. Nem tudo na vida é "esquerda e direita". Às vezes, é preciso dar quatro direitas e uma esquerda, ou três esquerdas e uma direita para se chegar ao destino. Vocês mediram demais. Ninguém lhes ensinou que a justa medida não significa medidas iguais. Na mesa, quem tem mais apetite precisa de um prato e meio, e o outro, talvez, se satisfaça com dois terços do prato. Querer a mesma medida é injusto. Justo é que os dois se satisfaçam com o mais ou o menos que conseguirem juntos. Em alguma coisa um é mais, em outra, é menos. Seu casamento, todo medido, acabou desmedido.

Se voltarem a querer e a buscar um ao outro, tentem substituir a quantidade pela qualidade. Entendam que, às vezes, a mulher perde mais, e, às vezes, o homem. Mas não pode ser *segunda eu, terça você, quarta eu, quinta você, sexta eu, sábado você*, e os domingos se alternando em primeiro e terceiro, segundo e quarto. Dá certo num restaurante, mas não numa família.

Recomecem o seu amor, se ainda existe alguma chama. Mas, dessa vez, por favor, deixem a trena numa gaveta. O amor não vive de centímetros e minutos, e sim de aberturas inteligentes e sábias. Se insistirem em contar cada centavo, renúncia é que não será. Aceitem perder algumas moedas para ganhar a fortuna de uma relação generosa! Lamento ter de dizê-lo, mas foi isso que faltou. Havia 1 × 1 demais na relação. Queriam empatar em tudo e tanto empataram que o jogo perdeu a graça. Se ainda se derem outra chance, aprendam a perder e, quem sabe, aprenderão a se querer!

Foram justos demais e por isso foram injustos. Quando descobrirem que não é "meio a meio", e sim "amor por amor", acharão a medida certa.

Sexo e Responsabilidade

Licensiosidade

Quem luta pela liberalização do sexo na adolescência vai acabar lutando pelo aborto como solução para alguma adolescente encrencada.

Chama-se licenciosidade a atitude de dar licença para tudo. É irmã gêmea da permissividade – comportamento das sociedades e famílias segundo o qual tudo é permitido e pais e autoridades não conseguem dizer não, seja por medo de perder a popularidade, seja por interesses outros. Mas a palavra *não*, muitas e muitas vezes costuma ser altamente positiva. O *não* do sinal vermelho no farol da esquina, o *não* da mãe para a criança que brinca com faca ou com os fios elétricos, o *não* dos pais ao garoto de quinze anos que quer a moto ou o carro para sair com a namorada são altamente positivos. A palavra *sim* pode ferir e matar, ainda que aparente amor – do qual pode estar, na verdade, destituída.

Falemos de sexo e adolescência. Deu nos jornais o que muitos educadores já sabiam. Quem luta pela liberalização do sexo na adolescência vai acabar lutando pelo aborto como solução para uma adolescente encrencada. Segundo a *Folha de S.Paulo*[*], 15,5% das moças que engravidaram quiseram abortar o primeiro filho; 11,12% tentaram o aborto sem sucesso e 20% dos rapazes quiseram induzir a namorada ao aborto.

---

* Dados retirados de artigo assinado por Talita Figueiredo a respeito da pesquisa "GRAVAD: gravidez na adolescência", conduzida por Greice Menezes.

O agravante é que elas sabem o que estão fazendo. Quem mais pratica o aborto não são meninas pobres. São as de maior renda e escolaridade. A manchete dizia que, dos 4,6 mil entrevistados, 17% das jovens tinham feito aborto e 45% dos rapazes tiveram namoradas que abortaram o fruto da relação. Lutam pelo direito de ter sexo desde dezesseis ou dezessete anos, e depois, com auxílio de seus pais, pelo direito de abortar.

*

São muitos os estudiosos e pesquisadores que hoje analisam o comportamento sexual do brasileiro e, mais especificamente, de jovens e adolescentes. Num país onde se exibe o corpo em ruas e praias, em outdoors, em revistas e na televisão – na qual, todos os dias, podem-se ver cenas de alcova, troca de parceiros e carícias ardentes –, seria esperar demais que os jovens se segurassem.

Os artistas sabem a mensagem que estão transmitindo aos jovens. Se aceitam o papel é porque aceitam também correr o risco de passar tais mensagens aos filhos dos outros. Queiram ou não, posam de modelos e são imitados. Nessa idade, reage-se muito mais rapidamente ao estímulo. E é o que tem acontecido. Estimulados a malhar e mostrar o corpo, sentem-se também estimulados a antecipar relacionamentos, muito antes de estarem maduros para ele. Veem isso todos os dias! Não se reprime um riacho, mas pode-se canalizá-lo. É o que os pais nem sempre conseguem e com quem a mídia nem sempre colabora! Nem todos os proprietários de canais destinados a consumo e divertimento se sentem obrigados a tocar programação educativa; deixam a tarefa para o governo.

*

E vem-nos a pergunta: *Televisão educativa não dá lucro? Não deveriam todos os canais de televisão ser educativos?* Quando o circo é mais educativo do que a televisão que entra em nossa casa, algo está errado, e não é com o circo. Lembra a professora que bate à porta da casa com panca de quem vem para ensinar as crianças e acaba ensinando erotismo e mostrando cenas de nudez... A professora vai a júri, mas a televisão, embora faça a mesma coisa, não vai!

De volta à Roma pagã

Lá, o braço do pai valia mais do que o ventre da mãe.

De acordo com a *História da Vida Privada*, coleção dirigida por Philippe Ariès e Georges Duby, em Roma vigorava não a lei da vida nem a do ventre, e sim a do braço paterno e da economia. Tinham-se os filhos que era conveniente ter e abortavam-se, rejeitavam-se ou matavam-se os indesejados. É o que hoje fazem algumas famílias.

Os ricos miravam a posição política e o patrimônio; a classe média mirava a possível ascensão através do filho; e os pobres miravam as bocas. Se não era possível alimentar mais um, matava-se. O infanticídio era comum no país mais avançado (política e economicamente) de então. Enquanto egípcios, germanos e judeus cuidavam de toda criança que nascesse e a tinham como bênção e dever, os romanos acharam explicação para o que faziam: eram pragmáticos. Filho, só se não der muito trabalho e trouxer alguma vantagem.

O problema, já naquele tempo, era o testamento, o estômago, o desvio da filha e a situação econômica. A voz do sangue falava pouco. Como havia poucos empregos, os filhos chegavam a depender dos pais até os 28 anos. A "adolescência" poderia durar quase três décadas. E como em Roma morria-se relativamente jovem, um filho ficava independente apenas por dez a vinte anos. Por isso, os pais viam um novo filho como um peso.

Graves problemas morais, como infidelidade – muito comum em Roma –, abandono do lar e interesses de poder ditavam a vida ou a morte de mais um filho. Se o pai o levantasse do chão, onde a parteira o deixara, ele seria visto como filho. Se não o fizesse, iria para um monturo ou seria dado em adoção, caso alguém o quisesse. O braço do pai determinava a vida ou a morte de um novo ser humano.

O mundo de hoje não é muito diferente! A mídia não é mais cristã. Nem as universidades. E elas influenciam. Milhões de abortos, crianças abandonadas, três ou quatro casamentos entre ricos ou famosos, homens que abandonam a mulher grávida ou os filhos ainda pequenos, infidelidades mostradas na televisão e vividas entre ricos e pobres, a superexposição do corpo, o excesso de sexo e a carência de amor mostram um regresso sem culpa à Roma pagã. Voltou o pragmatismo. Perderam os cristãos? Venceu o neopaganismo? Quem influencia hoje a vida íntima do casal? É pergunta que os pais cristãos devem se fazer. O púlpito ficou fora da porta, e a televisão está na cabeceira do leito da maioria dos casais. A maioria daqueles propositores de novos costumes nunca leu um catecismo católico!

Escravas do sexo

Naquela tribo, de cada dez famílias, quatro ofereciam corpos jovens femininos para o consumo dos conquistadores...

Sex Slaves (*As escravas do sexo*), o doloroso e revelador livro de Louise Brown sobre o tráfico de mulheres na Ásia, oferece-nos fatos, testemunhos e números estarrecedores. Fala em 100 milhões de mulheres trabalhadoras do sexo ainda na década de 1990. O quadro não se reverteu. Para elas e seus "donos", a mercadoria é o corpo. Os números do Brasil também não são pequenos...

Se não leu, procure conhecer alguns dos livros que indico nas referências bibliográficas, ao final do livro. Em muitíssimos bolsões do país, o corpo dos filhos e das filhas escapa ao controle dos pais e dos próprios jovens. Há uma imposição da moda e dos costumes que começa a adquirir contornos de ditadura. Revelar o corpo, ostentá-lo e trabalhar com ele tem se tornado obsessão para milhões de vítimas do marketing da estética. A indústria do emagrecimento, da forma, das roupas e do prazer dita comportamentos. Uma atriz se veste de maneira reveladora e, se for sucesso na tela, será imitada nas ruas. Não há reflexão. No dizer de Jean Baudrillard, seguem o lema "sou visto, logo existo". Expor-se virou um verbo exigentíssimo.

Se é verdade que o comércio do corpo é feito por voluntárias e voluntários, por agentes livres em busca de dinheiro rápido, por exploradores e vítimas, também é verdade que a indústria do prazer tem mais vítimas do que voluntários. Não se sai do mesmo jeito que se entrou nesse comércio em que os órgãos sexuais são a mercadoria. Lembro e parafraseio Louise Brown: Não nos enganemos. A prostituição não é apenas fruto de pobreza, nem é sempre culpa dos pais. Há moças e rapazes ricos e de classe média vendendo o corpo. É negócio escuso de retorno imediato que movimenta bilhões de dólares, rublos, ienes, iuanes e reais. Trabalha com material barato, paga mal e tem lucros exorbitantes.

*

A vulnerabilidade tornou-se uma commodity que, juntamente com as drogas, rende fortunas. Moças jovens de corpo sedutor, mais vulneráveis do que espertas, tornaram-se os frutos suculentos dessa colheita que se transformou em uma das indústrias mais rentáveis do mundo. Quando os pais menos esperam, uma filha já foi aliciada pelo dinheiro fácil, conseguido com sua beleza. Da mesma forma agem os catadores de fiéis para as igrejas. Tentam aliciar os jovens desde cedo. De um lado, o pecado; de outro, a fé proselitista. E todos tentam arrancar da esfera de autoridade dos pais uma cabeça ou um corpo jovem. As promessas de riqueza, de sucesso, de fama, repercussão ou profecia levam milhões de jovens a caminhos mágicos, fáceis, imediatos. É a ascensão pelo descenso... Descem esperando subir na vida.

Basta que saibam deitar com alguém, desfilar beleza ou repetir frases feitas que os coloquem como modelos de alguma coisa, e lá está mais um agente, ou do pecado ou da fé, em busca de novos aderentes, porque sexo, droga e religião costumam queimar etapas. A maioria dos jovens não vai, é levada. E é levada porque não se aprofundou o suficiente para conhecer os próprios limites. Dão o que ainda não possuem, isto é, o corpo ou a fé. Não sabem o suficiente para dar o que dão e se dar como dão. É queima de etapas. Correm o risco de serem colhidos ou de apodrecer antes de amadurecerem.

O rio do sexo

Sexo sereno porque cheio de alteridade

Muitos rios que eram limpos acabaram poluídos, mas voltaram a ser puros. Há os que nunca voltaram à pureza de antes. Onde há campos e cidades não se sabe de nenhum rio que tenha corrido limpo da nascente ao desaguar. Mas rios podem ser purificados. Algas e pedras o ajudam.

Falando de humanos e de sexo, há um rio a correr dentro de cada pessoa, com força difícil de controlar, às vezes calmo, às vezes selvagem, às vezes limpo, às vezes poluído. Depende do temperamento, do ambiente, dos estímulos e da formação recebida.

O fato é que a história do ser humano e de seus impulsos vitais passa pela sexualidade. Foi incentivada, solta, reprimida, vista como um bem ou um mal, como virtude ou pecado, como graça ou desgraça. O mundo nem sempre soube olhar com serenidade para a vida sexual dos humanos. Ou liberou geral, ou reprimiu em excesso.

Mas rios podem ser controlados, canalizados e direcionados ao fornecimento de água potável, energia ou alimento. Controlados, são instrumentos de civilização; controlados demais, inundam e geram catástrofes. Precisam continuar correndo, embora represados e em quantidade que a ninguém prejudique.

*

Houve épocas em que o sexo saiu de controle e tudo era permitido nos palácios, na guerra e nos lares. E não foi bom para aqueles povos. A nossa é uma dessas épocas, com o agravante da mídia e da televisão a entrarem por todas as casas e chegarem a todos os olhos, geralmente sem controle. A televisão e as bancas tornaram-se atrevidas. Arriscam e ousam. Não há mais privacidade, nem no lar nem nas ruas. Tudo entra pela televisão, pelo rádio e pelos computadores. O rio da sexualidade moderna no leito da mídia de agora acabou solto, selvagem e descontrolado.

A maioria dos adultos e jovens de agora já teve ou ainda tem seus deslizes. Está no ser humano esse impulso, essa força, esse desejo. O mundo diz que não se deve nem se pode controlar tal sentimento. As igrejas dizem que sim, tanto quanto se pode controlar e limpar um rio... O assunto é polêmico, porque envolve a Aids e outras enfermidades, a poderosa indústria do sexo, o tráfico de pessoas, opressão e mortes, muitas mortes.

Feliz quem pode chegar ao fim dos seus dias e dizer que nunca feriu a si mesmo nem a ninguém ao usar sua sexualidade. Se Deus a criou, ela é boa, mas, como o fogo e a água, ela às vezes escapa ao controle do indivíduo e da comunidade. Com fé já não é fácil; sem fé serena fica muito mais difícil. Orar ajudou e ajuda. Riachos também se convertem!

Sexo tamanho família

Há um sexo que tira a paz. Há outro que amplia. Depende da relação e da reação.

Há um sexo bom, satisfatório, que traz serenidade. Milhões de casais o conhecem. Ele é feliz com ela, ela com ele; os dois chegam à velhice sabendo que foi bom. Exigiu sacrifício, pediu renúncia, veio cheio de desejo, de libido, mas também de entrega. E foi muito mais entrega do que qualquer outra coisa. Ele deu seu corpo a ela e o fez com prazer. Ela se deu a ele e o fez com prazer. E, mesmo que o prazer fosse menor, havia algo chamado gratuidade. Era eros controlado e a caminho de se tornar ágape.

Herbert Marcuse, nos anos 1960, no marcante livro *Eros e civilização*, falava de *gratuidade* e de *gratificação*. Gosto de voltar ao tema. Eros canalizado serve à gratuidade. Em forma selvagem, vive de reivindicar, cobrar e dar menos do que espera receber. Ágape é o amor-gratuidade, vivido de um jeito no matrimônio e de outro na comunidade. Não é palavra bonitinha e simpática que se repete para denotar alguma tintura cultural. Ouçam-se psicólogos, teólogos e filósofos. Eros e ágape são coisa séria demais para serem cantadas e gritadas de qualquer jeito. Não são receitas caseiras nem lentes para qualquer olho. Invadem o viver humano, e cada pessoa terá de achar a resposta que concilie seus instintos, desejos e vontades. Riachos, ou se canalizam ou acabam por nos prejudicar.

Uma concepção dualística que propunha um *instinto de vida* em conflito com o *instinto de morte* foi substituída, e mal substituída, pelo conceito de *libido onipresente* (narcisismo). Há um tipo de gratificação que ignora valores como moralidade ou a diferença entre bem e mal. Vale a satisfação das próprias necessidades e o princípio do prazer. O mundo caiu no domínio do "primeiro eu, aos demais as sobras"...

*

O Papa Bento XVI, em *Deus e o mundo,* respondendo ao jornalista Peter Seewald, aborda de maneira singular o chamado do ser humano ao sexo e à família. Diz que o ser humano é *nídico, nidífero, nidificador* e, às vezes, *nidífugo.* Como ave que precisa de ninho, ele é nídico. Morreria sem o ninho. Nidífero, porque leva consigo a vocação do ninho de onde veio e que um dia fará. Nidificador, porque um dia erguerá o próprio ninho. Nidífugo, porque muitos querem os prazeres, mas não os deveres, do ninho. Entra aí o conceito católico de sexualidade. Há um "de quem, de onde e para que", e há um "com quem, até que ponto e por quê". Sem a motivação transversal, o sexo se torna um amontoado de experiências tangenciais de quem o faz mas não o assume.

Em contraste com o sexo intenso, imediatista e irresponsável, mas pequeno, está o sexo tamanho família. É grandioso. Seria bom para ele, seria bom para ela, portanto, entregaram-se. Esse sexo grandioso, porque levado a sério, compromete, santifica e traz serenidade; está dentro da natureza do ninho e está dentro da fé num Criador.

O outro sexo, o descompromissado, excessivo, histérico ou sôfrego, o que não satisfaz, que nunca é suficiente, que não realiza, que resolve apenas para o momento, que não segura, que não aproxima, que não encaixa, é coisa física, coisa de fome, é lambida que não mata a fome, porque não se mastigou nem digeriu; é alimento não absorvido.

> Há um sexo forte na ação e raquítico no conteúdo. Lembra aquelas comidas que, apesar de gostosas, nunca satisfazem. A pessoa se torna cada dia mais gulosa e cada vez mais mal alimentada.

Há um sexo que embriaga, mas não alimenta. É sexo vazio, pastel de vento. Precisa de muitos atos e até mesmo de vários parceiros para satisfazer. Quando satisfaz, deixa claro que não pode oferecer mais do que aquilo: prazer momentâneo. Há um sexo do jeito errado, com a pessoa errada, na quantidade errada, em lugar errado e com motivação errada. Não aceite experimentar essa droga com alguém que você sabe que não ama, nem mesmo com a pessoa que você ama, mas a respeito da qual está indeciso. Não aceite sexo com alguém que você não ama. Espere para ter certeza. Droga, só na quantidade mínima, recomendada pelo médico e dentro de um fármaco; sexo, só na quantidade certa, suficiente, dentro de um projeto de amor e de carinho. Caso contrário, é cocaína da pior espécie...

Para muitas pessoas, sexo é mais do que posse. É possessão desesperada do corpo alheio. Para milhões, felizmente, porque amam e são amados, é a entrega de almas expressa pela união de corpos. É o único sexo que tem chance de fazer alguém feliz. Se você crê em Deus, reze para encontrar alguém que possa lhe dar essa chance: a do sexo sereno, tranquilo e feliz.

Todas as formas de sexo

Quando tudo é válido, quase nada mais vale.

Em agosto de 2011, no entrevero que se seguiu à entrevista da cantora Sandy, perseguida há anos para que deixasse de parecer cândida, suave e gentil, alguém da mídia me perguntou o que eu, padre católico, achava do tema. Queria uma opinião abalizada sobre sexo anal. Não a teve. Qualquer coisa que eu dissesse estava sujeita ao risco de ter uma frase pinçada e fora de contexto, como creio ter sido o caso da pessoa de alma bonita que é a Sandy. Texto fora de contexto quase sempre serve de pretexto. Respondi que era assunto que a maioria dos casais não desenvolveria e, pelo que sei, bispos, padres, pastores e psicólogos jamais abordariam em frases esparsas. Não concedi a entrevista. Desde o advento dos pendrives e microgravadores registro as entrevistas que dou. Isso ajuda a não me expor a entrevistadores que desconheço. Como hoje é possível provar que uma entrevista não foi dada, porque os registros permanecem, e como hoje nunca se sabe se alguém do outro lado está ou não registrando a conversa, é mais difícil alguém dizer e provar que a entrevista foi dada.

Essa mudança protege governantes, ministros, políticos, religiosos ou artistas com alguma notoriedade contra o mau jornalismo, porque o bom existe, e o Brasil tem excelentes periódicos e jornalistas que honram a classe. Atrevo-me a dizer que o Brasil tem um jornalismo de primeira linha. Mas tem também o outro tipo... No mau jornalismo, frases fora de contexto mais ferem do que elevam. Se as revistas têm o direito e a liberdade de abordar qualquer tema do jeito que mais corresponda a seus objetivos, o cidadão comum tem o direito de se negar a ser entrevistado sobre temas que exijam mais profundidade e conhecimento.

*

Quem prega religião e deseja fazê-lo com seriedade estuda Filosofia, Teologia, Sociologia, Antropologia e História. Trabalha com princípios e com o que pode somar, ou melhor, adjetivar as pessoas. O sexo pode adicionar ou subtrair. Ninguém em sã consciência dirá que toda forma de sexo é sadia. Mesmo com quem consente. Se faltar espiritualidade, será apenas exercício biológico, até porque há relações que vão contra a natureza dos corpos.

Há, pois, relações sexuais que acrescentam ao amor e beneficiam o casal. Há outras que mais tiram e subtraem do que adicionam. Há o erotismo sadio e construtivo, que pode ser encontrado até em poemas bíblicos de O Cantar dos Cantares, também chamado Cântico dos Cânticos, e há o materialista e nada espiritual, que funciona mais como encontro de corpos famintos do que de almas em êxtase afetivo.

Há entregas, refregas e posses. E há formas de sexo que não apenas os religiosos condenam, por faltar ali o grande porquê da relação. Também psicólogos e especialistas em Psicologia positiva questionam encontros cujo fim é apenas a curiosidade e o sem-limite de alguma relação. Relações supõem reações, e estas supõem limites de um lado e de outro, porque o ser humano é como um riacho que precisa de margens.

Aos que dizem que tudo é válido entre quatro paredes, respondem os estudiosos de comportamento humano com os tristes relatos de mortes em matagais, motéis e automóveis. Naqueles casos, o instinto insatisfeito escapou do controle. Sexo é veículo que exige freios. Para ser bom, não pode ser de qualquer jeito e deve ter limites. Excesso de velocidade, de drágeas, de bebidas, de drogas, de comida, de religião e de sexo pode dar em morte. Ensine isso a seu filho. A essa altura, imagino que vocês dois, casal que pensa na paz da família, já sabem que o carro da vida tem freios para serem usados!

Ainda entre Eros e Ágape

O que faz uma prisão não são as grades,
mas a falta da chave certa...

Estes senhores e senhoras que falam de amor livre na televisão exercem o direito que a Constituição lhes garante: pregar as próprias ideias. Mas sabem que não estão falando de gratuidade, e sim de gratificação. Dizem-no com todos os adjetivos. São suficientemente adultos para saber que pregam um eros deturpado, e pouco ou nada de ágape ou filia, porque os três, cada qual a seu modo, são compromissados. Até mesmo eros se compromete. Torno a lembrar autores como Marcuse, Bauman e Baudrillard, que falam em liberdade com disciplina, em gratificação moderada e em gratuidade serena.

Amor supõe gratuidade, mas esses defensores do "amor livre" estão falando de mera gratificação, que é coisa totalmente diferente de gratuidade. Fazer o que se quer com alguém que a gente quer não é o mesmo que fazer o que se deve com alguém que aceita o dever e o compromisso. Martin Buber, Erich Fromm e outros, para falar de autores que eles talvez conheçam, além de uma centena de autores cristãos, deixam claro que amor, para ser livre, tem de aceitar ser preso, com a única diferença de que, se há uma chave, é uma prisão aceita e desejada. O que faz uma prisão não são as grades, mas a falta da chave certa...

*

Martin Buber, no livro *Eu e tu*, e o já várias vezes aqui citado Herbert Marcuse, em *Eros e civilização*, falam de sentimentos e gestos de quem controla a libido pelo bem da sociedade e da outra pessoa. A civilização começou quando a humanidade aprendeu a controlar seus instintos, não necessariamente a esmagá-los ou a jogá-los fora – ao canalizá-los, aceitando o que se pode ou não na vida, e ao admitir que não existe nem pode haver liberdade total. Ao rejeitar o "vai quem quer, quando quer, com quem quer e do jeito que quer", a sociedade descobriu a própria sobrevivência.

Paulo de Tarso, que evangélicos citam como "Paulo, apóstolo", e os católicos, como "São Paulo, apóstolo", ocupa-se disso no Hino ao Amor. Jesus o santificou, dizem os católicos. Do jeito dele, Paulo, agora santo, porque portador do selo de qualidade do Cristo, elucidou que o amor não é sem-vergonha. É sensato, comedido, disciplinado, comprometido. O leitor fará bem em ler aquele poema que está na Primeira Epístola aos Coríntios (13, 1-13). O mesmo Paulo fala da paixão sem-vergonha e dos amores sem compromisso em Romanos, versículos 18 e seguintes.

Esses senhores e senhoras não crentes têm, tanto quanto nós, o direito de pregar o amor da maneira como o encaram. Assim, outros brasileiros têm o direito de amar como acham que seja certo. A Constituição brasileira diz que qualquer um pode expressar sua opinião. Só não pode ensinar a fazer coquetéis *molotov* e jogar bombas em cabeça de criança ou de quem quer que seja.

Pois é o que esses pregadores do amor livre fazem ao propor amor sem compromisso, prazer por prazer, paixão por paixão e ao cantar dizendo aos jovens que não se reprimam. Quando adolescentes e jovens despreparados para a vida resolvem não se reprimir, e quando meninas aparecem grávidas aos treze ou quinze anos, estes senhores e senhoras imediatamente se eximem de culpa, dizendo que a mídia reflete mas não forja comportamentos, e que não era isso que queriam dizer. Se não era, então que o tivessem dito com todas as letras. O amor não é tão livre quanto parece. Ele pressupõe compromisso, responsabilidade e cuidado pela pessoa. Pode até ser bonito falar de amor livre, só que, se for totalmente livre, não será amor; teremos de dar-lhe outro nome. Talvez gandaia...

Sexo em excesso

Quem descobriu o bastante não descobriu o satisfatório. Por isso, por mais que tenha, continua insatisfeito.

Uma preocupação doentia com o corpo saudável tem levado a extremos os cuidados com a saúde. Se há quem cultive o corpo por questão de autossatisfação, estética e saúde, há os que visam a conquista. Trabalham-no para que se torne instrumento de desejo. Natural? Artificial? Quando o objetivo é o de ter saúde para poder conquistar mais sexo com mais parceiros, estamos em terreno perigoso. Pode acabar em obsessão e doença. De que adianta cuidar tanto do corpo e da forma se, depois, a pessoa se envolve em sexo fatal? Em tempos de Aids convém lembrar que mais saúde para ter mais parceiros pode acabar em autodestruição. Sexo em excesso tem o mesmo efeito que os tóxicos. Um dia, o corpo perde.

Quando relações de corpos se tornam mais importantes do que relações de pessoas e a vida é reduzida a apenas um dos aspectos do vasto espectro das relações humanas, a pessoa diminui. A indústria do sexo faz isso, alimentando a libido com um sem-fim de publicações em bancas, livrarias e internet, no cinema, na televisão, nos *outdoors*, com espetáculos e canções. Não se vê nas mesmas bancas o antídoto: revistas que eduquem para a autodisciplina.

O que era para duas pessoas viverem na privacidade de uma entrega feliz, bonita, pura e saudável, foi escancarado, tornou-se invasão de privacidade, que hoje está mais para evasão do que invasão. Há milhões se expondo e querendo ser fotografados, dispostos a vender seu sexo. As câmeras estão por toda a parte, filmando corpos nus e casais em busca de prazer para vender e vender e vender. Isso porque há os que compram e compram e compram!

Sexo em excesso está levando milhões ao desequilíbrio, até porque qualquer criança pode ter acesso a esses materiais. Nem todas as pessoas têm controle sobre essa sensação. Se fabricantes e divulgadores de explosivos precisam ser controlados e proibidos de divulgar o que sabem, também os divulgadores de pornografia precisariam ser impedidos de fazê-lo. Para milhares de cabecinhas, o sexo sem controle funciona como bomba! Detona-os para toda a vida.

Corpo de aluguel

Uma história a ser contada nas escolas.

A história foi contada por ela mesma. Aos 34 anos, convertida às ideias de Jesus, católica, rosto sofrido, mas mulher ainda bonita, casada e separada, tinha o que dizer, e disse. Aos quinze anos começara a alugar o corpo voluptuoso e, no dizer dela mesma, altamente rentável. Na época, calcula, vendia trinta minutos de prazer a preço que hoje custaria R$ 100,00 a hora. Era, pois, prostituta de alto padrão para aqueles dias e para aquela periferia de São Paulo.

Era o seu jeito de conseguir vestidos, sapatos e outras coisas que os pais jamais poderiam lhe dar. Aos dezessete, dois anos depois, ainda cobrava o mesmo preço. Fazia ponto em lugares chiques da cidade. Aos dezoito, encontrou um gigolô, e o preço subiu para o que hoje valeria R$ 400,00, segundo sua avaliação.

Aos 25 anos, ainda muito bonita, quis fazer faculdade para sair daquela vida. Um dia, começou a trabalhar por conta própria. O gigolô ameaçou: se a pegasse de jeito, acabaria com aqueles seios e aquele rosto, e não deixaria vestígios. Ela contratou um guarda-costas. Durante a faculdade, o preço era o que hoje valeria R$ 200,00 a hora. Havia dias de ganhar R$ 500,00 a R$ 800,00. Comprou um carro e duas casas. Casou no civil com o guarda-costas. Não conseguia engravidar. O casamento durou quatro anos. Ele passou a se mostrar extremamente ciumento; bateu nela três ou quatro vezes. A essa altura, terminara a faculdade. Tinha conseguido o dinheiro que queria e resolveu mudar de vida. No caso dela, planejara ser prostituta por apenas um tempo e conseguira. A maioria não consegue!

Um dia, o ex-gigolô apareceu com fotos para chantageá-la. Seus pais já sabiam. Ela resolveu não ceder. Ele a subjugou e cortou-lhe o rosto, as coxas, as costas e um dos seios com navalha. Avisou que, se ela o denunciasse, sua irmã mais nova morreria. A mulher fez cinco grandes cirurgias e escapou da morte. Resolveu não denunciá-lo. Ele passou como o maior suspeito, mas não houve jeito de trancafiá-lo. Pensava na irmã. O bandido tinha costas largas.

Rendeu-se a Jesus e a seu projeto de pessoa. Agora, além de gerente de empresa, trabalha como voluntária em hospitais e acompanhava moças em situação semelhante à sua. Advogada, tinha essa possibilidade. Um dia, o gigolô apareceu morto. Suspeitaram do guarda-costas, seu ex-marido, mas ele provou sua inocência. Suspeitaram dela, mas ela também provou a sua. Descobriram, mais tarde, que ele tinha inimigos por toda parte e que usara do mesmo método com outras duas mulheres.

Ela autorizou-me a contar sua história sem dar maiores detalhes. Ainda mora no mesmo bairro onde tudo aconteceu. Dos quinze aos dezessete anos, alugava o corpo por uma hora e várias vezes ao dia. Na época, achou que não pagaria o preço dessa opção. Mas o rosto ainda bonito da advogada mostrava uma reconstituição quase perfeita, que ela escondia com os cabelos. O marido, que aceitara sua vida pregressa, pedira-lhe apenas, durante o noivado, o favor de que ela se desfizesse do apartamento comprado com prostituição. Sendo ela advogada e ele comerciante bem-sucedido, *poderiam comprar um com o suor do rosto, e não do resto...*

Se ela quisesse, ele *se casaria com separação de bens, deixando claro que não tinha interesse nos bens dela e, sim, no bem dela.* Vendeu a casa e doou os bens a três instituições. Deixou sua história registrada num longo depoimento de doze páginas, testemunhando que Jesus a libertara daquela vida.

Falou de uma canção de Barbra Streisand, "People" ("Gente"). Eu a conhecia. O texto da canção e uma conversa com uma amiga católica serena, cujo marido era vicentino, iniciaram nela um processo de mudança. "People" não é uma canção religiosa, mas produziu uma conversão profunda. Uma das frases da canção assim sentencia: "People who like people are the luckiest people in the world" ("Gente que gosta de gente é a gente mais feliz desse mundo").

Corpo-mercadoria

A filha mais velha alugava o corpo.
Negociava algo que não lhe pertencia...

Quem passa pelas grandes avenidas de nossas metrópoles em certos horários da noite já percebeu que muitas esquinas são tomadas por homens e mulheres, a maioria jovens, que alugam o corpo. Não é novidade. Sempre aconteceu. Então, o que há de novo? Sempre existiram travestis, bonecas, homens vestidos de mulheres, mulheres vestidas de homens, gente completamente nua, gente seminua. Está lá, registrado nos livros de História. Chegou a ser sagrado e feito dentro de templos pagãos.

Um amigo meu que tem casa numa dessas avenidas disse que, à porta de sua casa, assiste às cenas mais deprimentes e já não sabe mais o que fazer, porque a polícia afirmou que também não tem forças. No começo, era um curioso; agora tornou-se um furioso. Não aceita aquilo na frente dos filhos, ainda pequenos. É transgressão expor a nudez e fazer cenas de escândalo na porta da casa dos outros, mas as autoridades, não poucas vezes, fazem vista grossa. A família tem diante de si mais esse desafio que as administrações municipais não resolvem.

Há histórias por trás desses sofrimentos e comportamentos, e não compete a nós julgá-los nem condená-los como se fôssemos os donos da verdade. Mas, ofensivo como é, o comportamento afeta as famílias que ali moram. A violência costuma vir junto. Quando alguém aluga o corpo para ganhar dinheiro, envereda por via acidentada. Vender objetos é uma coisa; vender o próprio sexo é outra.

Numa sociedade que mostra essas pessoas, às vezes por sensacionalismo, outras para destruí-los, e outras ainda para incentivá-los, é preciso encontrar o equilíbrio. Que as religiões usem de pedagogia e de misericórdia, e os governos, de justiça sem violência.

Uma coisa é certa: ninguém vai parar se não se converter. E a conversão passa pelo conceito de pessoa. Sem ele, o corpo se torna mercadoria. Quem crê no Criador sabe que não foi para isso que ele criou o sexo. Quem não crê, sabe mesmo assim que o sexo não existe para ser vendido. Uma leitura recomendável seria o livro: *Vida para consumo: a transformação das pessoas em mercadoria*, de Zygmunt Bauman.

Ele me devolveu

Provou do licor e o levou na hora, para descobrir que se enganara quanto ao gosto. Não soubera guardá-lo em lugar adequado.

Tirou-a de sua humilde casa quando ela tinha dezoito anos. Devolveu-a dois anos depois, como se fosse uma melancia. "Não a quero mais. Foi um erro".

Com diferença de 25 anos, quem a procurou foi ele. Quem quis casar foi ele, quem prometeu um novo lar foi ele, quem supostamente tinha maturidade era ele, mas foi ele quem, dois anos depois, achando-se enganado, devolveu a mercadoria que viera buscar sem ter sido oferecida.

Enganam-se os que pensam que esse é um caso raro. Tem acontecido muitas vezes e sempre com maior frequência. Casam com separação de bens e de maneira experimental. Se der certo, continuam; se não der, terminam. Não se casam para sempre. Sobre o parceiro ou parceira mais fraco, pesa uma espada de Dâmocles: *Ou você me agrada ou eu me liberto de você. Ou faz o que eu quero ou termino a relação. Porque eu tenho mais recursos do que você.*

Quando o casamento é reduzido a esse tipo de contrato, qualquer *dá cá aquela palha* é suficiente para encerrar uma relação. E se ele é o mais forte, o mais velho, e ela a mais nova, ele a devolve aos pais. Mercadoria estragada que ele mesmo estragou, exatamente quando a tratou como mercadoria; pessoa machucada que ele machucou, exatamente quando não a tratou como pessoa. É difícil controlar um coração adolescente, enganado e apaixonado, mas alertem-se os pais das adolescentes envolvidas com homens bem mais velhos do que elas. As chances não são boas. Se der certo, é uma exceção. Não vale a pena o risco.

Numa sociedade em que meninas e mocinhas ficam adultas depressa demais, corre-se também o risco de os velhos continuarem moleques demais.

A vontade de ficar adulto muito cedo e o medo de envelhecer depressa são dois maus conselheiros. O encontro entre os dois raramente dá certo...

Entrega em domicílio

Mães sabem mais do que as filhas imaginam...
Deveriam ser ouvidas.

Eram mãe e filha, mas muito mais do que isso, eram grandes amigas. A conversa daquele dia foi bonita e esclarecedora. Ela, com vinte anos; corpo de mulher, cabeça de mulher, chegou-se à mãe e disse com todas as letras:

– Acho que estou pronta para me entregar. Quero dar a minha virgindade ao Roberto e a ninguém mais. Não sei como a senhora vai encarar isso, mas quero deixar de ser virgem, e vou fazê-lo com o Roberto.

A mãe ouviu, serena, deu um beijo na filha e respondeu:

– Se sua mãe diz coisa que preste, escute o que eu tenho a lhe dizer. Eu também passei por isso aos 22 anos, no auge da minha juventude. O que eu mais queria era me entregar a seu pai. Homem bonito, rapaz carinhoso, e era com ele que eu queria passar o resto dos meus dias. Mas a gente namorava apenas há nove meses. Pensei muito antes de procurá-lo. Conversei com uma freira do meu colégio, e a freira disse claramente: "Filha, sei que está pronta para se dar, mas já parou para pensar se ele está pronto para recebê-la? Uma coisa é a mulher que dá a virgindade. Outra coisa é o homem que a recebe".

Então a mãe prosseguiu:

– Por isso, eu digo a você a mesma coisa. Conhecendo a minha filha, eu diria que você está pronta para ser mulher de alguém, e que você vai dar a sua virgindade de cabeça feita. Não tenho nenhuma dúvida quanto a você. Mas vocês se conhecem há apenas onze meses, e até agora ele não falou em construir um lar com você. Eu faço a mesma pergunta que a irmã me fez: "Será que ele está pronto para cuidar da sua virgindade e da sua feminilidade a vida inteira?"

A garota perguntou:

– O pai estava pronto?

Ao que a mãe respondeu:

– Não. Não estava. Tanto era verdade que, quando conversamos a respeito, ele comentou que seria muito lindo, mas pediu um tempo, porque me levava muito a sério. Queria ser meu marido e pai dos meus filhos, e precisava de um tempo. Com as outras garotas fora fácil, mas comigo ele queria uma coisa para toda a vida. Naquele dia, tive certeza de que eu o amava. Quando aconteceu, já estávamos casados. Não sei se você vai achar alguém como eu achei seu pai, mas dê ao rapaz uma chance de esperar junto com você. Se decidir deixar de ser virgem antes de se casar, não tenho como impedir, por mais que eu queira. Você vai arranjar um jeito. Instinto é coisa forte. Mas quero que entenda uma coisa: dar-se a alguém é uma escolha; ser aceita por esse alguém é um mistério. Não dê o passo se ele não lhe der a maior das certezas. Não quero que minha filha entregue a mercadoria ao destinatário errado.

O que houve depois? Não perguntei, e acho que não é pergunta que se faça. Relato apenas o que ouvi de ambas.

Relações e Reações

Amor e relação

Algumas esperas são impossíveis...

Conversei recentemente, em duas ocasiões, com um jovem casal de namorados: ele com 27, ela com 25. Mantinham há quatro anos relações sexuais, mas ainda não se consideravam prontos para começar uma família. Falei-lhes da *relacionalidade* dos humanos. Por mais que se fuja, não há como escapar a ela. Os seres humanos são relacionais. O sentimento chamado amor, que pode ser eros, filia ou ágape, nasce de relações. O amor vai se fazendo certeza na medida em que as relações do casal se ampliam.

Se tudo que um pode oferecer ao outro são relações sexuais, então, de fato, o casal não está pronto para começar uma família. Mas se os dois podem oferecer-se relações de amizade, cuidado e partilhas; se um quer o bem e o sucesso do outro, se um pensa no outro não como objeto de prazer, mas como parceiro de alegrias; se um faz de tudo para ver o outro feliz; se quando, por alguma séria razão, ele ou ela não pode oferecer o corpo e, mesmo assim, o sentimento não diminui; se, enfim, desenvolvem de dez a vinte tipos de relações, estão prontos para começar uma família... porque é quase certo existe amor entre eles.

O casal concordou comigo. O namoro começara por artifícios. Os dois se desejavam fisicamente. Educados em ambientes liberais, parecia mais que natural que, desde o segundo mês de namoro, mantivessem relações sexuais. Mas acontecera com ambos essa coisa de cuidar. De repente, ela percebeu que queria cuidar dele, e ele, dela. O que era superficial e apenas carnal foi se transformando em ligação espiritual. Ele encheu-se de ternura por ela e criou receios de forçá-la a qualquer coisa que ela não quisesse. Ela sentia o mesmo por ele. O gostar tornou-se mais que gostar, mais do que se dar prazer; tornou-se alegria de querer estar juntos, saudades de quem se separou por mais de uma semana, compreensão, apoio e um querer bem que ia muito além de sexo. Perguntei-lhes, então, se aquilo não era amor.

Não estavam tão certos de que poderiam começar uma família, mas aquilo era mais do que gostar. Só precisavam saber se estavam prontos para um filho e para uma vida a dois. Disse ele:

– Não descobrimos aquele "venha o que vier" que o senhor disse no seu sermão. Talvez nos falte essa convicção do "aconteça o que acontecer", mas temos amor suficiente para chegar a essa convicção.

*

Ouço de muitos casais a mesma frase: "Não me imagino nem agora nem nunca com outra pessoa. Já encontrei a pessoa dos meus sonhos, agora preciso começar o lar dos nossos sonhos". Entre os empecilhos para o casal começar de imediato o novo lar estava a situação econômica dele, que tinha muitas dívidas. Os dois ainda eram arrimos de suas famílias. Tornei a falar que, por sermos seres relacionais, sentimos necessidade de relações. Mas as relações corpóreas precisam ser antecedidas e seguidas de outras relações de almas. Já que ensaiavam havia tempos ser um só corpo, ensaiassem, agora, ser um só coração e uma só alma! Isso não se consegue sem diálogo e sem ouvir e deixar falar.

Na minha conversa, o que havia mexido com eles – razão pela qual tinham me procurado –, foram duas frases: *Boas relações, em geral, produzem boas reações; más relações quase sempre produzem más reações. Relações urgentes não são necessariamente relações abrangentes.*

Eu dissera mais. *Quem tem muita pressa de desfrutar acaba sem frutos.* A meu ver esse é uns dos problemas da sociedade atual. Anda colhendo frutos que não semeou, não plantou, não cultivou nem esperou que amadurecessem. Na maioria das vezes, quem morde um fruto verde acaba jogando fora o pedaço que mordeu, além do resto do fruto. Riram-se da comparação e me prometeram que, em menos de um ano, eu seria convidado a oficializar o matrimônio deles; estavam mais prontos do que imaginavam estar.

De hoje em diante

Casar é assumir um amanhã que
ainda não se apresentou.

Quando tiveram certeza de que era amor para toda uma vida, ele disse a ela:

– É daqui pra frente! Quero que me perdoe pelo que fiz antes de conhecer você. Se houver alguma consequência daquilo, aceito corrigir e assumir. Posso jurar que não sei de nada que poderia torná-la infeliz. Houve outras, mas não haverá nunca mais.

Ela acrescentou:

– Digo o mesmo sobre você. O que você fez antes de me conhecer eu não cobrarei. Seja o que for, assumo junto. Mas, daqui para a frente, será nós dois fazendo uma vida só.

Ela falou de umas fotos comprometedoras, erro de juventude. Ele, de um filho que não sabia se era dele ou não, porque a garota sumira depois daquele verão em Fortaleza. Doze anos depois, essa mulher apareceu doente, com o filho também enfermo. O menino era a cara dele. Assumiram dar a mesada, porque promessa é promessa...

Treze anos depois, um salafrário quis chantageá-la mostrando as tais fotos. Ela não cedeu. As fotos chegaram pelo correio. Ele as viu e perdoou, não sem jogar a polícia em cima do sujeito, que acabou descoberto.

Moral da história: quem não perdoa o antes, não sobrevive ao casamento!

Adote um vira-lata

Cãezinhos são simpáticos e dão menos trabalho.
Mas morrerão latindo e balançando o rabinho,
como no primeiro dia da compra ou adoção.

Vira-latas, por serem criaturas vivas, têm direitos. Uma faixa com os dizeres *Adote um vira-lata* chamava a atenção à entrada de Taubaté, cidade histórica do vale do Paraíba. Como lá raramente se vê meninos pedindo esmolas e a cidade tem um razoável grau de cidadania – com ela, mais de quinhentas cidades do Brasil, cujas prefeituras cuidam das crianças –, a faixa me fez pensar num futuro em que todas as cidades poderão pedir aos moradores que adotem um vira-lata, porque o problema dos pobres e das crianças sem ninguém já terá sido resolvido.

Mas é sonho, porque não se pode dizer o mesmo a respeito de milhares de cidades do Brasil nas quais adotar um vira-lata seria provocativo, haja vista a quantidade de crianças nas ruas. E muitas dessas crianças andam virando mais latas que os vira-latas de verdade. Na maioria dos países, essa campanha seria ofensiva. Fico a pensar se não seria melhor que os moradores de uma cidade sem crianças virando latas adotassem crianças de outras cidades, sem deixar de adotar cãezinhos. Como a campanha não era da prefeitura, e sim de um grupo de cidadãos, a pergunta se referia aos próprios cidadãos e a outros defensores de cãezinhos abandonados. A resposta, já sabemos. Dirão que é bem mais fácil adotar um cãozinho do que uma criança com fome. Os procedimentos são tão demorados que a maioria desiste.

Os vira-latas têm mais sorte. É muito mais rápido e bem menos complicado. E o triste é que é verdade!

Quem já tentou adotar uma criança sabe do que estou falando. Nossas leis, ainda que relativamente brandas, facilitam mais a vida dos cãezinhos vadios que a dos meninos sem família. Desejo que algum deputado compre essa briga. Está certo que se tomem cuidados para saber quem está adotando, mas hoje o processo ainda segue demorado demais! Não admira que alguns casais desistam e optem pelos inocentes vira-latas...

Sua família faria o quê?

Pensamentos para debate

- Melhores filhos hoje, melhores pais amanhã. Os bons pais de hoje quase sempre foram os bons filhos de ontem, ou foram filhos "difíceis" que se corrigiram.
- O dom de dar a vida supõe também o dom de cuidar dessa vida. Não há mulher que não o saiba. O parto é sempre obra inacabada. Vem depois de nove meses, mas exigirá no mínimo vinte anos de cultivo.
- Dar um filho à luz é como colocar em vaso adequado a semente que apenas brotou, com os nutrientes indispensáveis para que se desenvolva. Mas exigirá cuidados até que possa ser posta no lugar a ela reservado. *Cuidar* é o verbo que mais qualifica o verbo *amar*.
- Nem todos são chamados a morrer por uma vida. Mas quem o for terá de se mostrar capaz das consequências. Nesse dia, terá encontrado a maternidade ou a paternidade em definitivo: dar a vida por aquele que já foi dado à luz...
- A virtude da gratidão não acontece em todos os lares. Mas, mesmo onde ela não ocorre, o casal perdoa, porque cultiva a da esperança; um dia o filho reconhecerá!

- As mães são sempre as últimas. Talvez esteja em seu DNA. Ou talvez seja seu primeiro aprendizado. O fato é que toda mulher que gera um ou mais filhos toma sempre o pedaço menor de pão ou de carne. E, não poucas vezes, quando vê que faltará algum pedaço, alega que não está com fome e deixa os últimos nacos para marido e filhos. Eis um comportamento que ninguém ensina. As mães o aprendem sozinhas.

- Depois que vocês se casaram houve tantas descobertas que o que já se sabia precisou ser reaprendido. Namoro é exatamente o que é: começo de amor, prelúdio, abertura de ópera... Depois vem o enredo, cheio de suaves, pianos e fortíssimos... Só perderá a graça se faltar a harmonia.

- Matrimônio pode ser perda de virgindade ou conquista de pureza. Depende de quem a entrega e de quem a guarda. Mexe com as meninas a história verídica da professora Leila, que, mesmo depois dos três filhos, dizia não ter perdido a virgindade. Não rodara bolsinha nas esquinas. Sua virgindade estava bem guardada e era fácil de ser encontrada. Ela a confiara ao marido...

- Também no casamento, virgindade rima com castidade e liberdade. Alguém se deu livremente a alguém que, por sua vez, cuidou e cuida da pessoa amada. Os atos sexuais passam a ser parte de um todo que, este sim, é o mistério da vida a dois.

- Todo matrimônio feliz é feito de renúncias que valeram a pena. Espermatozoides, óvulos, zigoto e feto são prazer coberto de renúncias. Alguém terá que deixar alguma coisa por conta daquela pequenez que começa a dar sinal de vida.

Dois tocos de vela

Dignos como a vela que derrete sem perder a luz.

Pessoas idosas, mas cheias de luz, me encantam. Brinco ao dizer que parecem tocos de velas grossas! Uma vez, apontei a um casal com sessenta anos de amor um círio pascal que ardia num canto de sua casa e tinha apenas dez centímetros de cera.

– Vocês são assim! – disse eu.

– Somos tocos de vela? – riu ela, enquanto me segurava a mão.

– São, vó. Vocês foram envelhecendo graciosamente, perdendo sua cera, derretendo-se de amor pela família, mas ainda têm cera para derreter e pavio para queimar por muito tempo. A luz continua a mesma. Perderam a mocidade, mas não perderam o brilho!

– Que sabedoria! – exclamou ela. E deu-me um beijo, no que foi secundada por ele.

– Ai meus trinta anos! – brincou o velho Zezo.

*

O que eu disse àqueles anciãos de 77 e 80 anos tenho repetido a muitos outros, porque lembram círios pascais. São tão doces, que põem em risco a saúde de qualquer diabético; tão iluminados, que não se percebe que estão diminuindo pela idade.

O físico lhes prega peças, a memória às vezes falha, mas não a ternura e a sabedoria dos anos e de um amor dialogado.

Vô e vó, em certos lares, são como tocos de vela grossa, que arderam a vida inteira. Sopraram ventos de fora e de dentro, mas a chama não apagou. Tinham como protegê-la. Houve bruxuleios e titubeios, e uns pequenos quiproquós, mas tudo foi resolvido antes que virasse tempestade. Aquelas mãos que se tocavam foram alisando também as dificuldades. Tinham porque viver e por quem viver. Quando vieram os filhos e os netos, tinham ainda mais razão para viver. Outras pessoas, bonitas e até perigosamente insinuantes, ficaram de fora daquele casamento, porque, por mais lindos que fossem aqueles olhos e aqueles corpos, em casa havia alguém que valia mais a pena. Era amor de cepa e de raiz. Não foi só obediência a Deus e à Igreja. Foi carinho mesmo!

Hoje, quando um casal, por qualquer "de repente" ou qualquer "dá cá aquela palha", fica emburrado e ameaçando terminar a relação (e os filhos, que se adaptem...), esses dois tocos de vela são um lembrete permanente aos que acham que a vida a dois só vale quando um satisfaz o outro. Aqueles esquecem que existe algo ainda mais importante, que é quando um se satisfaz com o outro, mesmo que esse outro não consiga satisfazê-lo em tudo. Crianças não nos satisfazem em tudo, mas, porque nos satisfazemos em tê-las ao redor, tudo acaba dando certo. Quando Jesus disse que deveríamos aprender com as crianças, estava falando disso (Mateus 18, 3). Casais felizes não são os que conseguem tudo um do outro, e sim os que amam o suficiente para dizerem que o que conseguem já é o bastante para uma vida inteira. De vez em quando, vale a pena refletir sobre as luzes que temos em casa! Têm mais watts do que imaginamos!

Velhice desmotivada

Envelhecer é subir ou descer mais devagar.

Tenho setenta anos e aceito ser ancião. Eu sabia que a idade viria e que, se eu vivesse até a sétima década, teria que me motivar desde a juventude. Os livros, os estudos, as atividades, os relacionamentos e o permanente aprendizado ajudaram-me a remar até a enseada que se chama terceira idade. Imagino que haja uma quarta e uma quinta...

*

Vejo ao meu redor dois tipos de ancião.

Há os motivados. Mexem-se e movem-se. Não é preciso movê-los. Não cessam de aprender, de dialogar, de colaborar e de contribuir. Não pretendem morrer em dez ou vinte anos, se tanto durarem, sem ter prestado atenção no aqui. E sua intenção é morrer curiosos para saber o que há por lá. Os que duvidam de que a vida prossegue terão de achar motivações para seu ocaso. Os que acreditam que vieram e estão na fase final de arribação ou piracema, voltam motivados. Deve haver vida melhor do que esta que conheceram. Não há medo nem pressa.

Lembro-me de uma família em Machado, Minas Gerais, cidade onde nasci. Seis pessoas desciam uma rua em forte declive. O menino corria e esperava. A moça descia a passos fortes e seguros. O pai ajudava a vó. A mãe segurava a mão da menina de cinco anos. Os passos mais inseguros eram da avó. Aparentava sessenta anos, mas o corpo volumoso lhe pesava. Para ela, a descida era mais penosa e exigia maiores cuidados. Seus freios não funcionariam. Descia engrenada. A velhice é este descenso engrenado. Exige prudência e alguma ajuda, mas acaba dando certo, se o ancião se motiva. Não é o fim. É apenas uma descida mais penosa e elaborada.

*

E há os desmotivados. Não querem ajuda e, quando alguém a dá, rejeitam. Reclamam, resmungam, desobedecem, teimam, não se cuidam, não aprendem, odeiam banho, não se interessam pelo geral, afunilam, recolhem-se, abandonam-se, apoltronam sua vida, olham sem ver, comentam sem analisar, voltam demais ao passado, nada esperam do futuro. Morreram mais depressa do que se morre.

Alguns se refugiam em remédios e no álcool. Decidiram que seus últimos cinco ou dez anos de vida são *resto*. E arrastam-se nesse resto. O que outros anciãos fazem não lhes interessa. Não se mexem, não vão lá, não saem, não leem. Em menos de cinco anos baixaram de 120 para 15 quilômetros por hora. Não há mais nenhum porquê.

Se na sua casa mora esse tipo de ancião desmotivado, tome tempo e visite um psicólogo do ramo. Psicólogos e sacerdotes que levam jeito para lidar com idosos são excelentes conciliadores e motivadores. Consulte-os. Certos alimentos em fase final de validade estragam dentro ou fora da geladeira. Mas donas de casa sabem reciclá-los.

Lembra-se daquelas bananas que se enchiam de moscas na despensa? Pois é... dona Clotilde as transformou em bananada sadia. Duraram dez vezes mais...

A melhor idade

Idade serena, talvez!

O alto-falante do aeroporto, a cada novo chamado, convocava os *passageiros da melhor idade* a embarcar primeiro. Achei graça. Sou um deles. Atrás de mim, vinha uma excursão de quarenta idosos, muitos dos quais não gostam do substantivo "ancião" ou do substantivo-adjetivo "velho", motivo pelo qual o marketing decidiu usar eufemismos. Nós que chegamos aos setenta somos idosos, mas, como o eufemismo soa bem a muitos ouvidos, arranjaram um adjetivo que vende e agrada. Adotou-se, então, o adjetivo hoje mais utilizado na mídia.

O espetáculo dos meus pares me fez rir. Adquiri o diabete, preciso escolher o que como para viver com alguma qualidade de vida. À mesa, é 50% não e 50% sim. Tinha saído do hospital após expelir uma pedra nos rins e estava na fila para mais uma batelada de exames. Viajei para duas conferências e um show que daria. Na excursão, havia seis anciãos que precisavam de ajuda, três iam de cadeiras de roda, três se apoiavam em bengalas e vários tossiam e pigarreavam. Parecia remoção de pacientes de um hospital para outro.

Sou capaz de apostar que ali mais da metade ingere drágeas para se manter. Eu engulo quatro por dia e sou dos que menos precisam. Há os que engolem quinze ou vinte. Mas estavam em excursão, acompanhados de um médico e duas enfermeiras.

A agência de viagens achava que valia a pena. Eu não fazia parte da excursão. Nosso encontro coincidiu. A maioria brincou com a expressão. Melhor idade? Para quem? Um velho advogado tentava achar novos adjetivos. O grupo ria a cada nova tentativa.

– Senhoras e senhoras da melhor idade; da idade do pigarro; da idade do arrasta-pé; da idade do "num tô vendo"; da idade do que não sobe nem desce em tempo; da idade do que faz tempo que caiu; da idade do sol que não levanta; da idade da sabedoria que ninguém ouve; da idade das histórias que ninguém escuta; da idade do já fui; da idade do "hein? o quê? não ouvi!"; da idade do "ui, ui, ai, ai"!

Na velhice, ou – desculpem – melhor idade, as doenças fazem fila para ver qual delas nos surpreendem primeiro. Somos insistentemente estimulados a caminhar, escolher o alimento, redobrar a prudência em tudo. Mas a maioria sabe que chegar lá já foi uma graça, conserva o bom humor e, pelo que se sabe, conserva a alegria por suas muitas conquistas. Dores e enfermidades à parte, limites administrados, está mais fácil ser ancião, embora a idade avançada não seja uma visita ao parque de diversão da vida. Exige mais cuidados e quase sempre supõe algum aparelho corretor, uma sacolinha de remédios e alguém a nos lembrar alguma coisa que poderíamos esquecer...

Aos setenta anos, avós e bisavós esbanjam carinho, paciência e sabedoria. Os ranzinzas são poucos. Isso talvez retrate o périplo do viver. Ou endurecemos e enrijecemos com o corpo, ou amaciamos como vinho envelhecido do jeito certo. Na maioria dos casos a escolha é nossa. A isso se chama envelhecer graciosamente. Talvez a velhice mereça o título de idade serena. Pode não ser de fato a melhor idade, mas costuma ser a menos ansiosa, exceto para quem tem medo da foz que se aproxima...

O terceiro êxtase

Avós costumam ser mais do que úteis,
bem mais que isso.

Dona Maria José e seu marido, dr. Paulo, excelente médico, têm cabeça aberta, de aprendizes. Ela é daquelas senhoras que não parecem ter idade de avó, mas são. E gostam de sê-lo. Confirmei pela enésima vez o que já sabia. Avós apaixonadas são doçuras de longa duração.

Percebo, nas mães de família que conheço, pelo menos três êxtases. O primeiro foi quando decidiram que certo homem seria o amor de sua vida e quando ele deixou claro que nunca mais haveria outra. Escolheram e foram escolhidas. Disseram sim ao chamado superior de geradoras e guardiãs da vida. Nada mais santo e profundo do que se tornar canteiro de vida e de afeto com o companheiro de toda uma vida que aceitou e conseguiu se tornar seu cúmplice; e ela, dele! Era a vida a se prolongar em cada olhar, em cada beijo, em cada êxtase e em cada sonho. Casais jovens precisam entender a mística do mergulho um no outro. Tem mais de eterno do que aparenta ter.

O segundo êxtase foi quando nasceu o filho, ou quando vieram os filhos, um depois do outro. É a fase de êxtase criador: *Meu Deus! Que coisa mais linda! Nasceu de nós! Que coisinha mais fofa. Sou grata a Deus porque me deu esta chance. Meu marido e eu tiramos a sorte grande. Nosso bebê é mais do que esperávamos!* E não importa se o bebê carrega limites. Sempre será lindo. Pode até haver lágrimas de aflição, mas o êxtase criador é o mesmo. Mães são cúmplices de Deus e do marido. Quando maridos e pais também o são, a contemplação inunda o lar. Pais contemplativos são um tesouro. Nada mais gratificante do que contemplar e ser contemplado com amor.

O terceiro êxtase é o das avós. Mergulham de cabeça na gestação de filhas ou noras e sua cumplicidade se enche de mel. Filhas ou noras, em alguns casos, precisam até disputar o primeiro lugar na vida dos filhos, tal o encanto e o enlevo de algumas dessas avós. Cuidados de avó, maduros, sábios e bem dosados, só podem fazer bem ao filho, à filha, à nora e, principalmente, a netos e netas. Mães serenas que se tornam avós parecem mangueiras feridas pelo machado dos anos. Frutificam de maneira impressionante. É gratificante tê-las por perto. Suavizam os mistérios da vida.

Gosto de ver avós em êxtase e em cumplicidade que não interfere... São colos experientes. Bom para os filhos, bom para as filhas e noras, bom para os netos! Deus as conserve serenas, suaves e fortes! Não é isso o que se espera das avós?

Bisnetos e vovôs

O encontro das idades é, no mínimo, educativo.

Por acidente do marido, dona Lila, de 48 anos, ficou viúva e teve de tocar sozinha a imensa casa de modas. Por circunstâncias que não vêm ao caso, dona Lila precisou ficar com os três netinhos. Na casa já estavam três velhinhos, os três viúvos. Missão difícil a de dona Lila.

Precisou contratar enfermeira e babá para seus velhinhos, que andavam pela casa dos oitenta anos. As crianças tinham todas menos de sete anos. Não fosse a fé, o amor e o bom humor, dona Lila não teria resistido. Agraciada com invejável tranquilidade, ela comentava o clima da sua casa depois que voltava da imensa loja. Dos três pequenos, um era calmo, não dava trabalho; o outro era rebelde e tinha de ser lembrado que não poderia sair nem mexer nas coisas, nem fazer as estripulias que habitualmente fazia. O terceiro provocava, chorava, batia, reclamava de tudo e era raro o dia em que não chorasse no mínimo dez vezes.

Os avós e o tio eram como as crianças. Nem sempre a idade favorece a maturidade. Há regressões. Um reclamava de tudo. Não abria mão de sua taça de vinho, resmungava quando não conseguia o que pedia, sentia-se desprezado, gritava ordens lá do quarto, exigia a presença da enfermeira o tempo todo e competia com as crianças e os outros velhinhos. Era o vovô resmungo. Não fazia nada. O dia inteiro zanzava pra lá e pra cá entre a televisão, a cama e a mesa. Vida vegetativa. Esperava, resmungando, pela morte. Comia, bebia, dormia, via televisão e reclamava.

O outro era o vovô rueiro. Qualquer distração e lá estava ele na rua, parando os ônibus, falando sozinho, andando pra lá e pra cá e dizendo coisas estranhas. Não aguentava parar em casa. Atendia todos os telefonemas e dizia barbaridades a quem ligasse. O velhinho fora e continuava hiperativo.

O terceiro, que era o pai de dona Lila, era calmo, sábio e tranquilo. Ajudava a cuidar dos bisnetinhos, tinha excelente qualidade de vida, não resmungava de nada. Era uma delícia viver ao lado dele. Uma das crianças o apelidara de vovô calminho. Vovô sereno, encantava os visitantes com sua sabedoria e seu sorriso calmo e contido.

Naquela casa, os apelidos traduziam a realidade: tio-vô-resmungo, vovô rueiro e vovô calminho. Na verdade, o lar de dona Lila traduzia o mundo, porque, a bem-dizer, na infância as crianças reivindicam até acharem seu lugar. Muitos idosos também. Procuram gratificações e algo que compense o inevitável caminho do ocaso. As crianças reivindicam porque estão começando e os velhinhos, porque estão concluindo...

Os idosos sabem que morrerão em poucos anos e muitos deles, sem perceber, tentam deixar sua marca; as crianças sabem que terão muito tempo, mas, assim mesmo, especialmente na adolescência, aceleram e se fazem urgentes. É a urgência de pertencer.

A vizinhança inteira conhece a frase brincalhona e irônica da excelente dona Lila:

– Sou dona de uma loja de modas e de uma casa Alfa e Ômega. Na loja, as clientes me surpreendem pedindo novidades; na minha casa, as crianças e os velhinhos me arranjam, a cada novo dia, ao menos dez novidades. Não posso me queixar. Sou uma mulher que vive entre surpresas e desafios.

Entre meus leitores, imagino que algum tenha a mesma história para contar. Os humanos são assim do começo ao fim da vida: surpreendentes...

Genro feliz

Mais filho do que parente?
Depende do próprio genro!

Seu Alípio é um desses caboclos que tentam falar bonito, mas ainda misturam o certo e o errado. Porém, na vida, ele acertou em cheio. É um pai zeloso que criou três pedras preciosas e só as entregou quando teve certeza de que estavam em mãos de quem lhes daria valor. Casou as três filhas muito bem casadas. A mãe morrera quando ainda eram meninas e, apesar de elas incentivarem seu Alípio, que ainda era bonitão e homem de respeito, ele tinha jurado que só se casaria quando elas estivessem bem encaminhadas, em memória da boa mãe que tiveram.

Disse e fez. Quando Lígia, a terceira, foi pedida em casamento pelo Fagundes, a conversa foi de ser registrada em vídeo. Na varanda da casa, ele disse:

– Oia o que ocê tá pedindo, meu moço.

– Estou querendo levar sua filha desta casa, mas estou querendo entrar pra família também.

– E ocê tem lá essas qualidade pra ser meu genro e meu filho?

– Tenho, seu Alípio. Já tenho minha casinha, mas, em primeiro lugar, eu respeito o senhor demais. Não é qualquer homem que faz o que o senhor faz por elas. Em segundo, eu amo a Lígia, e o senhor, que é homem vivido, já viu como eu respeito a moça. Em terceiro, a Lígia foi muito bem educada e meu sonho era casar com uma mulher bonita, tranquila e boa filha, porque, lá em casa, pai e mãe é tudo, seu Alípio.

– E eu não sei? Você é um rapaz bem-criado e trabalhador. Estou pondo minha menina numa casa bem preparada e num colo de moço sério. Me promete que vai deixar ela cuidar docê e ocê vai cuidar dela!

– Vou fazer mais do que isso, seu Alípio. Vou fazer ela nunca esquecer a mãe dela, o pai dela, e vou fazer com ela uns três ou quatro netinhos barulhentos.

– Isso já é pobrema docêis. Eu só quero é um genro que me óie nos oio, de home pra home; um genro que é mais filho que genro, e que eu sinta que minha fia está com aquela carinha feliz de quem dormiu ao lado de um home bão. Eu não falei até agora, mas ocê é um moço que eu tenho prazer de chamar de meu filho.

Casaram e já tiveram uma menina. O Fagundes é um maridão; ela, uma esposa e tanto; os dois, pais corujas. E o velho Alípio já está de namoro com uma professora oito anos mais nova que ele, que também não casou para cuidar da mãe doente. Aos 57 anos, ele acha que agora vai poder começar um novo lar, porque as filhas estão bem casadas.

Pai elas têm. As três ainda se jogam no colo dele quando podem. E ai de quem falar mal de sogra ou de sogro na frente dos genros. Seu Alípio tinha três filhas; agora tem seis filhos. Eles acham que ganharam na loteria. E ganharam mesmo! Não é todo dia que um homem assume a missão de pai com essa paciência e essa ternura. Seu Alípio é católico, dos bons e serenos! Aprendeu isso nos Encontros de Casais com Cristo! O português dele nunca melhorou, mas sua fé tem crescido a cada nova caridade... Sei disso porque a Lígia me contou!

Casal em segundas núpcias

Não há como ser frio a respeito das dores da alma.

Julgar situações é uma coisa. Julgar os envolvidos, outra! É de impressionar o número de artistas, políticos, esportistas, homens e mulheres com alguma notoriedade que deixaram o primeiro casamento. Alguns deles já estão na quarta ou quinta relação. Já falei disso. Olhando de fora, friamente, diremos que não seguraram as relações anteriores. Como nunca se deve olhar com frieza nenhuma separação, porque quase todas são dolorosas, a conclusão é bem mais humana: nem todos eles conseguiram adequar os sonhos e as promessas à realidade da vida que levavam.

O que isso significa? *Que muitos deles são tentados além do limite.* Relacionam-se muito, encontram várias pessoas do sexo oposto e não raro, em situações de grande proximidade, são chamados a encontros ou cenas que os provocam. Em muitos casos, parecem até ser empurrados em direção ao outro. Nem todos resistem.

*

Há os que conseguem. Famílias solidamente erguidas, laços bem-feitos, esposas ou maridos serenos e fortes e filhos maravilhosos ajudam, e muito, a passar pelas provocações da profissão ou do cargo sem arriscar um bem precioso como a relação matrimonial. A religião ajuda e o amor também. Mas, quando carreira, profissão e trabalho falam mais alto, é de se esperar o distanciamento, que se revela fatal para pessoas públicas. Não admira que, à medida que lemos os noticiários ou vemos televisão, somos informados que tal político, tal atriz ou cantor terminou seu casamento e está com outra pessoa. Se não são católicos, não nos devem explicação. Que falem seus orientadores. Se o são, também não devem a nós, que sequer os conhecemos a não ser de fama. A Igreja constituiu sacerdotes para esse diálogo com pessoas em segundas núpcias. É para eles que devem revelar seu foro íntimo. É com eles que se analisará o que houve e qual a parte ferida na separação.

Nosso olhar precisa ser não o de quem julga, mas o de quem procura entender. Vida pública é como vida pessoal, com a diferença de que as pessoas públicas são muito mais sujeitas às tentações de poder e prazer. Têm dinheiro e glamour e, se quiserem, podem. A dor de um amor que não deu certo é que, às vezes, nunca mais os abandona! Sofrem muito mais do que podemos imaginar!

Mentes jovens, cabeças feridas

Há dores que ferem o âmago.

Não é fácil ter em casa um filho ou uma filha de coração ferido e mente enferma. Esquizofrenias, sobretudo a paranoide, costumam atacar os jovens com bastante frequência. Caracterizam-se como um tipo de psicose que revela distúrbios de afetividade, demência precoce. No jovem paranoico, percebe-se uma desconfiança enorme contra todos, ou um conceito exagerado de si mesmo, com megalomanias e insistência progressiva em ressalvar seus direitos, enquanto despreza os dos outros; sente-se incompreendido e se acha chamado a uma missão muito especial, sobretudo se há um fundo religioso na enfermidade.

Muitos pais, desesperados com a mudança de comportamento de algum filho desde que entrou para determinado grupo religioso, recorrem a sacerdotes, bispos, pastores, psicólogos e psiquiatras na esperança de recuperar o filho, que sabem não estar lúcido. O tratamento não é fácil. Muitos pregadores ignoram esse fato e tratam os novos fiéis como gente possuída pelo demônio ou pelo Espírito Santo, quando ali não há nada nem de um nem de outro. Trata-se de um espírito fragilizado. Se o pregador não percebe isso, ele também está precisando de ajuda. Transformar alguém com tamanho distúrbio em pregador é brincar de religião.

Ideias fixas, paixões violentas, apegos arraigados, comportamento antissocial e religião espúria podem levar meses ou anos até serem devidamente detectados ou controlados. Às vezes, o problema nunca mais é contornado.

O que fazer com um filho mentalmente enfermo? Sobretudo, o que fazer quando todos os tratamentos resultam infrutíferos? O desespero de alguns pais acaba, não raro, em soluções piores do que o problema: terreiros, feitiços, mudanças de igreja, despachos, descarregos, macumbas, curandeiros, alienações religiosas da pior espécie. Dentro do catolicismo ou de grupos evangélicos ou pentecostais, a situação pode fluir para um misticismo alienante de quem atribui tudo ao Espírito Santo – mas nem tudo pode ser atribuído a Deus. Deus não inspira todas aquelas falas, talvez nenhuma delas! Por um tempo, funciona. Depois, o conflito pode voltar.

A solução é uma união inteligente entre a psiquiatria, a religião e as diversas medicinas. Evite uma entrega cega e total a uma pessoa ou a um grupo religioso. Nem todos os grupos possuem pessoas preparadas para acompanhar tais desequilíbrios. Problema incubado não é problema resolvido. Para mentes jovens e cabeças feridas não resolve nem uma ciência nem uma religião de imediatismo e magia. Cuidado com grupos adeptos de milagres com prazo e hora marcada. É possível que controlem o comportamento de seu filho, mas podem roubar-lhe a pouca liberdade que ainda possui... Oração, ciência médica, muita paciência e muito respeito. Um filho mentalmente enfermo é, antes de mais nada, filho. Não o deixe fazer tudo o que quer. Não o anule também. Fale mil vezes. Numa delas, quem sabe, o milagre do amor trará a luz libertadora.

Filhos adolescentizados

Quem depende de quem? Por quanto tempo?
Até quando manter em casa um filho
que já pode cuidar de si?

Impressiona o número de filhos adultos, sobretudo os do sexo masculino, que, podendo ter o próprio lar ou cantinho, desfrutam da liberdade de ir embora sem nunca ter ido. Beiram os quarenta anos e posam de independentes, mas dependem de pai e mãe e não conseguem se imaginar fora daquela casa. Usam de todos os argumentos possíveis e imagináveis, mas a verdade é que não abrem mão do aconchego da mãe.

Conforme afirmei anteriomente, entre os romanos, os filhos chegavam a depender dos pais até os 28 anos de idade. Dizia-se que a adolescência em Roma terminava aos 28 anos, ou com o casamento. Filhos que dependem economicamente dos pais e que não teriam condição de se sustentar sozinhos, muito menos sustentar uma família, estão em situação de grave carência. Nem todos têm culpa, mas há de ver o que provoca essa incapacidade de voar para fora do ninho. O humano dependente precisa da benevolência de alguém para sobreviver. Nessa condição estão milhões de filhos, parte porque lhes é mais cômodo contar com a excessiva tolerância e condescendência dos pais, parte porque não têm qualificações para um trabalho que os sustente.

A experiência como pais deve prepará-los para que ajam como as aves que empurram os filhos para fora do ninho. Precisam voar e aprender a construir o próprio lugar. Filhotes crescem e precisam aprender a sobreviver nas águas, nas tocas ou no ar. Às vezes, pressionar para que os filhos convenientemente adolescentizados saiam de casa é também um ato de amor. Se na sua casa há um ou dois filhos em idade de ir embora do ninho, converse com educadores e psicólogos. Permanecer tempo demais em casa não fará bem a eles. Nem aos pais.

Crianças adulteradas

Frutos amadurecidos à força.

Foi chocante. Domingo, aeroporto, televisão ligada no restaurante. Em cena, uma menina de não mais de oito anos. Vimos e comentamos. Dançava uma canção erótica, vestida em trajes de banho, estilo maiô inteiriço, e fazia trejeitos de moça sedutora ao som de uma canção que falava de sedução. Quem escolhera a música? Quem treinara com a menina aqueles trejeitos de mulher adulta provocando os homens? Quem aceitara o quadro? Quem aplaudira? O Conselho Tutelar vira aquilo? A mãe permitira?

Há uma idade para se dizer que a pessoa é dona de si e do seu corpo. E essa idade não é oito anos. A menina pode não ter entendido nada do que sugeria, mas quem a mandou dançar daquele jeito esqueceu que há músicas infantis, requebros e gestos infantis, e também roupas infantis. Preferiu adultizar e adulterar a menina. Uma psicóloga reagiria por saber da psicopedagogia das idades. A mestra de balé que a treinara talvez não soubesse. A mãe deveria saber.

Assim como existe a infantilização ou adolescentização dos adultos, nos últimos tempos da era visual tem acontecido a adultização da criança. O desvio já vem de longe, desde os tempos de Xuxa e as paquitas. Podia até parecer inocente, mas não foram poucas as advertências de psicólogos a respeito daquelas canções, trajes e danças. Não foram ouvidos. Os religiosos foram descartados, porque, da religião, só se espera repressão. Na verdade, quando o carro vai depressa demais, pisar no freio é tudo, menos repressão. Se há uma dessublimação, da qual falava Marcuse nos anos 1960, deve haver uma ressublimação, para que a vida não se torne uma esbórnia, ainda mais em uma era do vale-tudo em nome da liberdade sem censura.

Mas o mesmo mundo que censura a pedofilia na televisão e na internet, e que censura terroristas, fabricantes de bombas e vendedores de tóxico pela internet, permite fotos pornográficas e danças adultas e provocadoras executadas por meninas de oito anos. Quem verifica naquele canal de televisão a propriedade ou impropriedade da cena? E a pessoa que escolhe e permite o ato tem preparo suficiente para lidar com mentes infantis? Era inocente ver crianças imitando grupo de adultos que, anos atrás, dançavam *na boquinha da garrafa* em trajes de quase nudez? Quem reagiu era retrógrado ou estava anos à frente daqueles artistas e programadores de televisão?

São conceitos que sua família deveria aprofundar. Talvez, alguns programas de televisão estejam em mãos erradas. Psicólogos experientes deveriam fazer parte da programação de certos canais de televisão. Deveriam... Mas, pelo que se sabe, não são consultados.

Os perigos da adolescência

A menina que, na favela, morreu vítima de fogo cruzado retrata um pouco o quadro dos adolescentes de hoje. As sociedades vivem moral de fogo cruzado!

Tempos houve em que era menos perigoso ter de treze a dezessete anos. Tratava-se o adolescente ainda como criança e, portanto, protegia-se mais e agredia-se menos. Não havia o risco de sexo, droga e violência com a intensidade de hoje. Era também mais fácil fazer amigos e até passar dias fora de casa com eles. Platão e Aristóteles se ocuparam desse tipo de idade. Não ocorriam ampolas, nem cigarro, tampouco maconha ou drogas, mas nem por isso os adolescentes arruaceiros daqueles dias eram uma doçura. Advogavam mais autoridade e mais ouvidos.

O advento da televisão, com seus filmes que mostram tudo, das bancas de revistas, que revelam nudez frontal explícita, das músicas pesadas e eróticas, dos grupos da pesada, adeptos da violência, das gangues de rua, da moda ousada, do sexo e da bebida na adolescência, bem como do crime organizado, que descobriu nos adolescentes um filão milionário para o comércio das drogas, tornou tudo mais difícil.

É, hoje, mais perigoso ser adolescente se não se tem por perto um pai e uma mãe vigilantes, que corram até mesmo o risco de ser impopulares, mas que não desovem seus jovens em qualquer praia nem em qualquer esquina, casa ou festa, muito menos no colo de qualquer rapaz famoso. Até que os filhos completem dezoito anos, estarão ali, vigiando, porque são muitos os perigos da adolescência e é bom que os adolescentes saibam disso. Se fosse tão simples assim ser adolescente, não haveria tantas mães adolescentes, tantos criminosos de dezesseis anos, tantos garotos de recado a serviço de traficantes, tampouco tanta violência praticada por garotos armados e meninas desajustadas. As escolas não precisariam de tanta proteção e policiamento, e as amizades seriam muito mais seguras. Infelizmente, a adolescência ficou desprotegida e bem mais agressiva.

Não é mais uma praça gostosa para brincar ou planejar os primeiros encontros e os primeiros afetos. É hoje uma praça perigosa, que a qualquer momento pode se tornar uma praça de guerra. Todo cuidado é pouco. Ensine seus filhos a escolher os amigos. Cuidado com a gangue que os alicia e jamais abandone o ninho nem permita que voem para fora enquanto não souberem voar de verdade.

Não se subestime, mas também não se superestime. Dos 13 aos 17 anos o ser humano ainda não sabe o que é preciso para viver e conviver bem. Que seu filho não sinta vergonha disso! Ele só está armazenando e crescendo. Os que não aceitam aprender na escola e em casa acabam aprendendo na rua ou em lugares bem menos confortáveis. Dê-se o nome que for à Febem de ontem, hoje Casa (ou *casulo*) disso mais aquilo, é sempre doloroso ter de prender um adolescente. A única prisão que de fato os liberta e educa é o coração dos pais. Este dá as chaves ao prisioneiro, que não quer de fato sair, porque dentro é melhor do que fora!

Adolescência perdida

O adolescente tirano pode ser fruto de pais inseguros, mas pode também ser fruto falho de árvore boa.

Até os dezessete anos, ele nunca dera trabalho aos pais. Ela também: até os dezesseis, fora uma filha exemplar. De repente, tudo começou a mudar. Os dois, que não tinham dado nenhum trabalho até então, deixaram a escola, dizendo que iriam trabalhar. As roupas que ela passou a usar eram caras e atrevidas, e o dinheiro não vinha dos pais; certamente não vinha também do trabalho. Os óculos e relógios que ele passou a ostentar eram caros demais para quem não trabalha.

Pai e mãe evangélicos, gente boa e honesta, tias católicas muito respeitadas pela comunidade, perceberam logo que ali havia algo errado. Era roupa boa e dinheiro demais para aquela idade, ainda mais para alguém que não possuía carteira de trabalho.

Pai e mãe os chamaram. Foi aquela briga, aquela discussão, seguida de outra e outra e outra. *Vocês não confiam na gente!* Aos dezoito anos, o rapaz saiu de casa. Um tio espírita o acolheu por misericórdia, mas não havia como segurá-lo. Foi morar com um "amigo". A verdade é que dois meses depois estava de moto, e das mais caras. Aos dezoito anos ela também saiu de casa. Estava claro para os pais que as más companhias haviam derrotado o amor deles.

Nem pastor nem padre resolveram. Três anos depois, ele morreu com um tiro na nuca. Foi achado numa viela empapado de sangue. A polícia disse que havia sido por causa de drogas. Ela voltou para casa após a morte do irmão. Está frequentando uma igreja evangélica. Às vezes vai com as tias a uma igreja católica. As tias católicas arranjaram-lhe um emprego. Ela parece ter se regenerado.

Hoje, questionada a respeito do passado, diz com sinceridade:

– Troquei meus pais por falsos amigos. As más companhias levaram meu irmão para o cemitério e quase me jogaram na prostituição. Jesus me resgatou, graças a meus pais evangélicos e minhas tias católicas. Eles me perdoaram, mas não deixaram de me punir. Estavam certos.

Uma história triste, mas verdadeira. Nas periferias e bairros seletos há muitas histórias como essa. Nem todas acabam bem. Onde entram a droga e a prostituição, o amor ou é amordaçado ou vai embora.

Pequenos terremotos da adolescência

Adolescência *e* crise *são palavras que rimam, embora não pareça.* Crise *vem de* crisol *(processo que separa o ouro das impurezas).*

A mãe de Claudia Lícia é uma dessas mulheres inteligentes e serenas que adoram ser mães e, por seu turno, fazem as filhas adorarem ser filhas. Nem por isso mãe e filha deixam de ter seus pequenos conflitos. Foi o que aconteceu quando Claudia Lícia completou treze anos. Alta, esguia, bonita, inteligente, popular e um pouco mais madura do que as meninas da sua idade, Claudia Lícia achou que já podia namorar longe de casa. A mãe disse não.

– Mãe, mas por que tenho de esperar até os quinze anos?

E a mãe, com serenidade, tornou a dizer que não era hora, além do fato de que o Estado tem uma lei que pune a mãe que dá liberdade indevida à filha nessa idade. Era "não" por parte do Estado e "não" por parte daquela casa, com carimbo de pai e mãe. E, se fosse surpreendida namorando em segredo, seria punida. Aos treze anos, longe de casa, não. Beijo tem hora. E daí se outras menininhas do colégio fazem isso e se agarram nos cantos da escola? Os pais delas serão responsabilizados. Em alguns casos, também a diretora. E daí se a televisão mostra coisa parecida? É desvio da televisão. Filha dela primeiro cresceria e depois se faria mulher. Devagar com essa história de que beijo não tem nada de mais. Tem, porque ela havia sido adolescente e vira o suficiente. Ainda bem que tivera uma mãe com autoridade!

Claudia Lícia subiu pelas paredes. Havia nascido numa toca de trogloditas. Só ela em todo o Rio de Janeiro estava proibida de ter namorado e beijar rapaz na boca. Treze anos, e a menina já sabia tudo de afeto e de relacionamentos. Era março e, desde as férias de verão, era já o quinto terremoto provocado por esse lindo vulcãozinho de treze anos chamado Lícia. Sábia como toda mãe que sempre sonhou ter uma filha, dona Claudete não se comoveu. Classificou-a como um terremoto de adolescência de grau 4 na escala Richter. O furacãozinho fez alguns estragos, mas dava para suportar.

Uma hora e meia depois do último entrevero, lá estava Claudia Lícia chorando na cama, e dona Claudete sentada ao lado, consolando a filhona que ainda brigava com ela, mas já estava em seu colo.

– Filha, não posso! Seu pai não quer, e eu sou casada com ele. Não vou brigar com seu pai por causa de seu possível namorado. Se o rapaz não quer esperar a hora certa, ele não merece seu beijo. Sou sua mãe e também não quero. O Estado e os juízes não querem. Eu já tive a sua idade e sei que muitas vezes a gente acha que está pronta, mas não está!

As respostas de Claudia Lícia vinham numa enxurrada de lágrimas e de muita raiva adolescente. À noite, ela sairia com as amigas. Não saiu. Estava de castigo! Telefonara para a Lúcia, dizendo que os pais ultrapassados e trogloditas a haviam proibido de ver o Júlio. Dissera bem alto para a mãe ouvir. Ossinho duro de roer essa Claudia Lícia...

Na adolescência acontecem muitos terremotos, quase sempre provocados por esse vulcãozinho chamado coração adolescente, que quer porque quer e acha que pode porque pode. Os pais que não sabem lidar com furacões, terremotos e vulcões acabam cedendo.

Mães como dona Claudete construíram uma casa à prova de pequenos e grandes terremotos e enfrentam os filhos com carinho. Vencem. No longo prazo receberão a gratidão deles. A adolescência é uma estação muito propícia a terremotos e abalos sísmicos. A bem da verdade, é por isso que ela é tão bonita e repleta de surpresas. Se você constituiu um lar, segure seu adolescente. Solte a corda, mas mantenha-o sob controle. Ele vai corcovear, escoicear, reagir e recorrer até mesmo a ofensas, mas não ceda. Se ceder, ele acabará obedecendo ao traficante, que não é tão bonzinho. Traficante mata quem não joga segundo suas regras. Você apenas manterá as rédeas firmes, porque ama o suficiente para enfrentar um adolescente rebelde. O traficante não o ama... Tampouco o sujeito que negocia carne jovem!

Rebeldia calculada

Pais que fazem têm mais dificuldade de proibir que os filhos façam.

O pai foi morar com uma jovem da idade da filha de 23 anos; a filha de 23 anos bateu o pé e foi morar com um rapaz de 27. A de 21 alegou o mesmo direito e acabou dormindo em casa com o namorado. A mãe não conseguiu se opor. Por sua vez, a mãe arranjou um namorado em cuja casa dormia duas vezes por semana. Periferia? E por que teria de ser? Foi cena de apartamento de cobertura!

Parece novela, mas naquela família todo mundo resolveu os problemas afetivos, cada qual do seu jeito. Já que mãe e pai podiam, elas também podiam. Sobrou o rapaz de 25 anos, religioso católico formado num colégio de jesuítas. Expressou sua opinião sobre o pai, a mãe e as duas irmãs, mas não impôs nada. Apenas continuou em casa, enquanto namorava, de acordo com a catequese católica, uma jovem do mesmo colégio.

Pelo menos no caso desses dois, o colégio havia deixado sua marca. Casaram-se na Igreja. À festa, compareceram todos: novo namorado, nova mulher, namoradas e companheiros. Ninguém disse nada contra quem quer que fosse. O padre, com cautela, não julgou nem provocou. Apenas falou da beleza de um matrimônio preparado e assumido dentro do projeto cristão católico. As sentenças caíram pesadas na assembleia: "As pessoas são quem são e não quem achamos que deveriam ser"; "O casamento consiste em aceitar a outra pessoa como ela é, e ambas irem mudando no que devem mudar, mas por amor"; "Há pessoas por quem vale a pena alguém mudar sua forma de ser"; "Há pessoas que mudam por causa de prazer, tóxicos, dinheiro, posição social ou interesses. Não são mudanças para melhor"; "Quem se casa decidido a não se ajustar à forma de ser do outro está apenas juntando trapos, não duas vidas".

*

Na noite da despedida, antes de o filho embarcar para a lua de mel, o pai lhe disse aos ouvidos:

– Filhão, desculpe não ter conseguido manter o casamento com sua mãe. Mas, pelo amor que eu vejo que tem pela Dada e pelo modo que encaram a vida, acho que vocês conseguirão. No quesito *fidelidade*, não fui um bom exemplo.

O filho respondeu:

– Nesse quesito não, pai, mas seu exemplo não me marcou negativamente. Como vê, estou casando dentro da minha convicção; não julguei ninguém, e entro nesse casamento com a humildade de saber que às vezes não dá certo. Mas vou cheio de esperança de que conosco funcionará.

E o pai concluiu:

– Você saiu melhor filho do que eu me saí pai. Dou-lhe o direito de me dizer tudo aquilo que quiser, porque sei que não vai dizer com mágoa. Frequentei o mesmo colégio, mas não consegui assimilar o que você assimilou. Assim mesmo, tenho a maior honra de ser seu pai.

Quem ouviu, chorou. Nada mudou naquela família, exceto o fato de todos respeitarem as convicções do filho, que se casou sabendo que há sempre o risco de não dar certo. Valeu a frase do novo casal:

– Tomamos uma vacina antisseparação. Se vai funcionar, não sabemos, mas quem a toma tem mais chances de enfrentar as crises. A vacina chama-se fé! Cremos que Deus é amor, e todo amor verdadeiro a Ele se reporta.

A irmã mais velha achou bonito, mas irreal. Deixara de acreditar em Deus aos dezenove anos.

Famílias precoces

Antes dos dezoito anos o ser humano costuma ser incapaz para a vida a dois.

Não é verdade que toda menina de 14 e todo rapaz de 17 sejam incapazes de criar um filho. A maioria, sim, mas haverá exceções que pais e curadores de menores cuidarão de analisar. O caso de Margarida, que engravidou aos 14 anos e deu à luz aos 15 foi exceção. Assumiu a criança com seriedade e hoje, depois de 25 anos, a filha só tem a agradecer. O pai foi sacana, disse que a menina não era dele. Pois não foi nunca mais. O pai jogara fora sua chance, para sempre. Quando viu no shopping a moça estonteantemente bonita, que lembrava a família dele, já era tarde. Outro pai a assumira. A moça o respeita, mas não se imagina tratando-o como pai. Malcasado com outra que não pode lhe dar filhos, ele se perdeu na bebida. A vida tem seus vaivéns.

*

O noticiário do início de agosto falava de morte. *Garota de dezesseis anos cai quinze andares para a morte.* Morava com rapaz de vinte anos. Casados? Não. Namorados que viviam juntos? Sim. Ele, desde os 18, e ela, desde os 14 anos. Os pais consentiam? Há mil detalhes nesse enredo que os noticiários jamais abrangerão. Mas, quando uma menina de 16 anos vive maritalmente com um rapaz de 20 num apartamento de cidade grande, alguém cedeu, alguém não proibiu, alguém consentiu, quando a lei tem suas reservas. É assim praticamente no mundo inteiro. As consequências recaem sobre o adulto e sobre os pais que entregaram a filha.

O Código de Direito Civil, no artigo 5º e em outros artigos, bem como o Estatuto da Criança e do Adolescente, estabelecem que adolescentes de catorze anos que começam a namorar mantendo relação sexual estão sob a presunção de estupro. Se o outro é adulto, responderá como estuprador, mesmo que a adolescente consinta. O fato de morarem juntos e dormirem sob o mesmo teto permite supor que haja relação sexual entre alguém relativamente incapaz com alguém capaz.

Havendo autorização dos pais para que a filha de 16 a 18 anos, relativamente incapaz de vida a dois, se una ao rapaz maior de idade, a família não se exime da responsabilidade. Assume os riscos pelo que vier a suceder em decorrência do fato. Não apenas o rapaz está sujeito a julgamento. Se registraram seu consentimento em cartório, expuseram a filha ao risco.

Essas relações são caracterizadas como estupro porque a adolescente, mesmo querendo, não tem capacidade de discernimento. Se ela sofre comportamento agressivo nessa relação, será processada não pela justiça comum, mas conforme o Estatuto da Criança e do Adolescente.

Semelhantes noticiários devem levar os pais a refletir. Mesmo que cedam, a culpa recairá sobre eles. Por mais que joguem toda a responsabilidade sobre o rapaz, o Estado pode processá-los. Não há como lavar as mãos...

Quatro filhos pródigos

Onde foi que erramos? Onde foi que eles erraram?

Um querido casal, com quase trinta anos de casados, cinco filhos biológicos e três adotivos, falava com certa tristeza dos filhos que haviam deixado a fé católica. Ajudaram a criar creches, fizeram todas as caridades imagináveis, pagam dízimo para a paróquia e para duas outras comunidades de vida, exímios pais e cidadãos, gente de fé profunda. De repente, quatro filhos optaram por deixar o catolicismo. Dois não mais frequentam, um foi para uma igreja pentecostal e outro anda de namoro com um grupo esotérico.

Olhei-os bem nos olhos e perguntei se tinham criado águias ou serpentes.

– Achamos ter criado águias. Fizemos de tudo para ensiná-los a voar livres e saber o seu espaço.

Continuei:

– Então joguem fora essa culpa e essa tristeza. Filhotes de águia, mesmo quando não voam nem usam as asas, não viram cobra. No devido tempo, quem foi para lá vai voltar e quem saiu do espaço a ele tornará.

Ela sorriu, serena:

– Deus o ouça, padre, Deus o ouça!

As parábolas da ovelha extraviada e do filho pródigo, em Lucas (15, 1-32), foram contadas para gente como eles! Nem Deus tem culpa quando vamos embora, nem os pais, que fizeram tudo o que seu amor de pais lhes inspirou. Filho é alma livre. Alguns deles, águias mais inquietas, acabam se cansando do ninho ou dos seus arredores e decidem voar noutro espaço do céu. Vão lá experimentar outros voos e a companhia de outras águias.

Mas existe um fenômeno chamado *lembrança* e outro chamado *saudade*. Um dia, eles quererão saber mais sobre os cinquenta anos de voo dos pais. Cheguei aos setenta anos e já vi muita gente ir embora e voltar. Se os pais fossem todos maus pais, eu também ficaria preocupado. Mas pais bons e religiosos assistem aos filhos irem para outros templos encantados com falas e promessas de outros crentes.

Sei que nenhuma outra igreja, nenhum outro pregador, nenhum outro grupo vai dar a eles o amor que os pais deram por mais de vinte anos. O que vai pesar é isso! Quem fala bonito, mais cedo ou mais tarde, perde para quem ama bonito! Quando os filhos que se foram descobrirem o que é viver, voltarão! Não sei se aqueles filhos voltarão a ser católicos convictos, mas respeitarão a Igreja que uniu e suavizou o casal de quem eles vieram. Foi o que eu disse aos dois.

E disse ela, enxugando uma lágrima:

– Não merecemos, mas Deus o ouça, padre! Respeitamos a escolha deles, só que queremos o melhor para eles e seus filhos. E o melhor para nós, por mais difícil e contraditório que seja, é ser católico. Pese o que pesar, carregamos esses vinte séculos nas costas. Não se joga fora uma herança desse tamanho! É por isso que ela pesa tanto!

A palavra dele foi curta e madura:

– Somos gratos a Deus por nos ter feito católicos. Espero que um dia eles entendam isso!

Os filhos? Por enquanto estão voando noutro espaço do céu! Por enquanto! O futuro a Deus pertence! Soube isso por conversa da própria...

Perigosas dependências

Perigosamente dependentes

Há dependências graves e avassaladoras como o crack ou outras drogas pesadas. Há dependências leves e até simpáticas, como as dez latinhas de cerveja com amigos, que também beberam dez...

Ninguém gosta de se admitir dependente ou viciado em alguma coisa, mas o mundo sempre teve os prisioneiros de alguém ou de algo. Bebida, sexo, drogas, palavrões, paixões... sempre que faltou a chave de saída, ou quando a pessoa não soube usá-la, alguém se fez prisioneiro. Não foram poucas as aves e os bípedes e quadrúpedes que voltaram à gaiola por não saberem mais viver em liberdade. E não foram poucos os humanos que voltaram à dependência depois de terem garantido que estavam livres. Voltaram ao tóxico, ao sexo agressivo, à pedofilia, à pornografia, à bebida, ao cigarro, à maconha. Acharam um jeito de explicar sua volta ou admitiram pura e simplesmente que não sabiam viver sem aquele aditivo.

Pessoas aditivadas não encontram mais forças para viver de outra forma. Seu motor precisa daquele combustível que faz mal, mas sem o qual não conseguem atravessar o dia. Há dependências graves e avassaladoras, como o crack ou outras drogas pesadas. Há dependências leves e até simpáticas, como as latinhas de cerveja com a turma, as cinco taças de vinho "com amigos", o cigarro, e, ultimamente, a internet e as redes sociais. Para alguns virou prisão e dependência.

Muitos casais e pais não sabem mais o que fazer diante da mais nova forma de dependência. Teclar, enviar mensagens, procurá-las, avidamente, buscar seguidores e comunicar, comunicar, comunicar cada momento ou detalhe da própria vida tem se tornado a cruz de muitos cidadãos. No começo, tudo parecia ser moderno e antenado. Agora, virou dependência. A mãe chega a esquecer os deveres da casa, os filhos abandonam os deveres da escola, e alguns profissionais se arriscam a perder o emprego, porque a febre de digitar e encontrar alguém do outro lado os dominou.

Como no caso da droga, há quem diga que vai parar quando quiser. Mas não quer, e ficará ansioso se parar. Da mesma maneira que aquele que disse que não fumaria não resiste ao cigarro, quem disse que não mais beberia não resiste a uma rodada, e quem disse que não mais se agarraria ao computador, ao celular ou ao *tablet*, a não ser em horário determinado, não resiste. Muitos buscaram tratamento, porque digitar virou prisão. Como convencer um filho ou um pai de que ele está preso à World Wide Web (www)?

*

Perigosas dependências revelam a falta da mística do *tanto quanto*, ou do *suave depois*. Vítimas do aqui-agora-já lembram a menininha que, no restaurante repleto de gente, deu um show de ansiedade por causa de um sorvete e de uma balinha. Não admitia esperar nem dois minutos. Ela venceu, e a mãe e o avô cederam para não passar vergonha diante de mais de trezentos espectadores. Passaram do mesmo jeito, porque a menininha de cinco anos imediatamente voltou ao lindo sorriso de princesinha satisfeita. Venceu a criança charmosa e tirana. Perderam os educadores. Bastaria um dos dois tê-la levado para fora até que a crise de histeria infantil passasse.

Crianças mudam de alvo depois de cada novo show de imediatismo. Os humanos em início de vida não sabem o que é perspectiva. Seu agora é seu tudo. O adulto, quando amadurece, aprende que a vida é um todo feito de pequenos "agora-durante e depois".

Aquele avô e aquela mãe viveram mais de trinta anos para se deixarem levar por uma pequena prisioneira do imediato.

Na era da fictícia abundância e do triunfo do indivíduo sobre a comunidade, criamos uma sociedade da gratificação e perdemos a graça da gratuidade. Tudo acaba tendo seu preço, e não falta quem se venda a quem der mais. Tudo acaba no funil da autossatisfação e da excessiva autoestima, que rapidamente se transforma em *alta estima* e *baixa capacidade* de conviver...

Quem consegue tudo o que quer, acaba como o prisioneiro que, finalmente, consegue a chave da sua liberdade, mas depois não sabe o que fazer com a liberdade que conseguiu. É que o sonho de liberdade não tem limites, mas a liberdade tem... Foi o que os israelitas descobriram quando no deserto, livres, bateu a saudade da escravidão e das panelas de carne do Egito...

E os filhos de Israel disseram-lhes:

> *"Oxalá tivéssemos sido mortos pela mão do Senhor no Egito, quando nos assentávamos diante das panelas de carne e tínhamos pão em abundância! Vós nos conduzistes a este deserto, para matardes de fome toda esta multidão" (Êxodo 16, 3).*

Vale aqui a pergunta atribuída a Lacan: *você quer aquilo que deseja?* A maioria das pessoas descobre muito cedo o altíssimo preço de manter o que desejou e quis. Pergunte ao diabético, ao toxicômano, ao alcoólatra, ao traficante e ao estuprador na prisão se valeu a pena querer o que desejavam. Por mais leve que seja a dependência, eduque sua família para a renúncia. Teste seu filho para ver se ele consegue ficar um dia sem televisão! E veja se marido e mulher conseguem um ou mais dias sem aquela fumaça ou aquela bebida. Depois, digam se não estão perigosamente atrelados. Experimentem a mística do *suave depois.* Adiar o desfrute pode ser sinal de controle do prazer e do paladar. Você quer esse controle? Ou é o controle remoto que o controla?

Www: vencidos pelo teclado

Na sociedade que tudo sabe e tudo informa,
há jaulas em forma de www...

O mundo atual está pontilhado de famílias vencidas pelo copo, pelo dinheiro, pela ira e pelo papelote. E, desde que apareceram os computadores e a internet, começam a aparecer as famílias dominadas pela www, na qual qualquer um pode entrar, praticamente com qualquer mensagem, e qualquer um de maior traquejo pode invadir a mensagem do outro. A internet é boa, mas se presta a todo tipo de uso, inclusive o criminoso. Funciona como faca. Pode cortar o bolo da alegria e ferir o âmago de quem sofreu sua agressão.

Santos e criminosos a utilizam. Bem e mal-intencionados, agitados, bipolares, serenos, personagens histéricos e históricos, crentes sensatos e fanáticos, pessoas verdadeiras e enganadoras – todos esses, dia após dia, estão lá, ensinando, enganando, apossando-se do nome do outro e se passando por quem não são. Você lê a mensagem assinada por você, mas não a escreveu nem a assinou. O que houve? Alguém que precisava desesperadamente causar repercussão e não tinha nome suficiente para tal usou o seu nome e criou um site, um e-mail, um perfil em uma rede social dizendo ser você. Estamos na era dos *fakes*. Alguém que finge ser você diz coisas que você jamais diria e inventa fatos que jamais aconteceram na sua vida. E há hackers. Se quiserem, agem como crackers. Entram, interferem na comunicação e, se você reagir, destroem sua mensagem. A www não é um veículo seguro nem para a ONU, nem para os países mais poderosos do mundo. Por certo, também não o é para a sua família.

É tão difícil combatê-la quanto combater ervas daninhas ou bactérias invasoras do organismo. Não há antídoto nem defesa suficiente para os invasores com seu veneno de cada dia.

O fato é que, se personalidades sadias manejam um teclado para falar com o mundo, personalidades doentias também o fazem. Se quiserem destruir alguém, conseguirão ao se ocultarem covardemente na senha ou no anonimato. Pelo menos alguns seguidores ou admiradores de ontem acreditarão neles. Indefesos, prosseguimos, sabendo que a www se tornou campo de colheita e de batalha. Dê-se por feliz quem nunca foi atingido pelas balas perdidas dessa rede de mensagens, mas também de intrigas.

Tenho um site original há doze anos e, apesar de ter produzido mais de 80 livros, escrito mais de 1.700 canções e mais de 3 mil artigos e gravado 120 CDs meu site é menos visitado do que o outro que assina padre Zezinho e diz que o faz em minha homenagem. As pessoas entram pensando que o site é meu, mas estou sendo copiado por um fã que não me devolve meu nome nem abre mão de seu direito de me pôr no site dele, que, além de levar meu nome, ainda contém tudo o que digo e escrevo. Apossou-se do que é meu por direito civil. Não adianta dizer que o único site autorizado por mim é *www.padrezezinhoscj.com.* As pessoas nem procuram. Reproduzem o outro com todas as imprecisões. Por razões de sacerdócio, prefiro não dedurá-lo. Mas o leitor saberá que qualquer outro site que não seja o citado não é meu.

A essa altura, não há quem não saiba do que vai pelo mundo da mídia e da web. A rede enredou o mundo. Alguns entraram para servir e outros para delinquir. Escapou ao controle. Aqui e acolá, consegue-se combater pedófilos ou guerreiros, ladrões de senhas e invasores de contas bancárias. Mas é uma luta interminável. Enquanto a web existir, haverá a insegurança da mensagem. A verdade é que o que possibilitou a bilhões de pessoas o acesso ao conhecimento também pôs em risco a privacidade e a individualidade. Você nunca saberá se hoje de manhã, quando acessou sua conta no banco, não caiu nas garras de um ladrão de senhas.

*

A Bíblia, que nunca predisse o advento da internet, ao falar do dragão de sete cabeças e do domínio mundial de um ser maligno (Apocalipse 12, 3), falava de um poder com garras por toda a Terra. Dá panos para a manga. Acontece que a www também é boa. Então, vai depender de você e de sua família. Educar-se para teclar parece ser o caminho. Se na sua casa não entra lixo, que não entre, também, qualquer mensagem. Depende de seus acessos. Quem acessa não são eles: é você. Quem abre as portas é você. Quem os chama é você. Quem se vicia são você e seus filhos. Quem passa horas falando com o mundo, mas é incapaz de falar com a própria família, mora aí na sua casa. Quem ficou doente pelo teclado é gente da sua casa. O bar não veio com o copo e a garrafa até onde você mora; alguém foi lá e comprou aquele tóxico. A internet está no ar e nos cabos, mas a porta de entrada é o seu teclado.

Se sua família não sabe dizer *sim* e *não* na hora certa, será, como tantas outras, vencida pelo teclado. Vocês perderão esposa, marido ou filhos aí dentro do próprio lar. Os dedos os levarão para fora da família. Em resumo: o leito e a mesa criaram a família e o teclado a alienou. Reaja! Não depende de Brasília, nem de Washington, nem de Londres. Depende de sua autoridade... Em alguns sites ou blogs, filho seu não entra!

Liberdade calculada

Permitir, incentivar e proibir.
Eis o trinômio da educação.

Se você proibir seus filhos de sair, vai perdê-los. Se deixar que saiam como, quando e por quanto tempo quiserem, também os perderá. É melhor que saiam pouco a pouco. A maioria dos pais aprendeu a importância de *deixar ir*. Amar supõe esses dois verbos.

Pressão demais no freio impede o ir e vir do carro; pressão excessiva no acelerador acaba em graves acidentes. Quem sabe dirigir alterna entre o freio e o acelerador, sem esquecer o GPS e a direção. Quando seus filhos descobrem aonde vocês dois querem ir e percebem que os pais sabem para onde vão, podem até discordar, mas acatarão sua autoridade.

Liberdade vigiada nunca fez mal aos filhos. A ausência de liberdade ou a liberdade sem peias é que nos levam à revolta. Lembra-se daquele gatinho e daquele pássaro livres que você viu na casa dos amigos? Não tinham correntes, mas não saíam de lá. Tinham sido treinados para partir e voltar. A casa se tornara a referência deles. Se dá certo com animais, por que não daria certo com os filhos?

*

Lembro em todas as minhas conferências – e, páginas atrás, já toquei no assunto – os termos que o Papa Bento XVI usou para classificar o ser humano: *nídico, nidífero, nidificador* e *nidífugo*. Disse-o em italiano, mas não há quem não entenda. O bom filho teve berço e, se não teve, aceita o berço generoso de alguma família que o acolheu. Bom filho à casa torna. Bom filho leva as lembranças dos pais consigo. Bom filho sonha erguer seu ninho à semelhança dos bons pais. E há os que abandonam pais, os que abandonam filhos e os que fogem do ninho. Serão felizes? As estatísticas favorecem os pró-família.

Felizmente, artistas, jogadores de futebol e gente que aparece na mídia têm mostrado, na maioria, que os filhos são sua riqueza e os pais, sua paz. Mesmo os separados, em geral falam com respeito da pessoa com quem viveram por anos. Os barracos e as baixarias ficam por conta de uns poucos que perderam o controle de si mesmos. Esse é um dos serviços da mídia de hoje: os famosos estão valorizando a família! Preste atenção no próximo gol e na próxima entrevista que presenciar. Alguém falará com carinho da esposa, do marido, dos pais ou dos filhos. Nem tudo está perdido no reino da verdade. Os famosos estão admitindo que liberdade tem limites...

Uma algema entre os dedos

Escravos do café e do cigarro?

Tenho por amigos um casal que há vinte anos tenta se libertar do maldito vício do cigarro. *Maldito* é o termo que eles usam. Começaram aos dezoito anos no colégio. Naquele tempo, era chique segurar um pequeno embrulho branco entre os dedos e soltar baforadas enquanto se falava. Artistas famosos o faziam no cinema e nas novelas. Era charmoso. Para ela, era sinal de encanto e emancipação; para ele, de masculinidade. Não eram bobos, mas sim influenciáveis. Coisa de pressão grupal. Se todos faziam, por que ficariam de fora daquele ritual?

Mas não perceberam o poder da propaganda numa cabeça de jovem. Quando descobriram, já era tarde; estavam irremediavelmente viciados. Tentaram de todas as maneiras se libertar, mas não conseguiram.

*

Casaram-se. Acreditam em Deus, mas o vício continua, da mesma forma que há muitos crentes que oram, mas não pagam o aluguel devidamente, cobram juros exorbitantes e exploram empregados. No caso deles, todas as manhãs, antes mesmo de fazerem as orações, levantam-se, tomam banho e, às vezes, já no banheiro, um dos dois acende um cigarro. É como pôr algemas nos punhos. Assim segue o ritual durante o dia, cada qual consumindo de quinze a vinte cigarros até a noite. A saúde está visivelmente abalada. Não parecem ter perto de quarenta anos, mas aparentam mais, e sabem disso.

A casa e os móveis cheiram a cigarro. Não tiveram filhos, mas os amigos que os visitam percebem, já na soleira da porta, que ali vive algum fumante. Esses dias pediram que eu rezasse por eles, porque acham que só um milagre poderia mudar a vontade que sentem de aspirar aquela fumaça. Perderam o gosto pela comida e já faz muitos anos que não sabem o que é um sabor legítimo. O cigarro tomou conta de tudo. É sua nicotina de cada dia, que eles mesmos se dão, porque aquela fumaça não é graça de Deus. A mulher até conseguiu parar por um ano, mas voltou com maior intensidade. Admitem que estão prisioneiros. Concordam com quem combate o cigarro, da mesma maneira que são contra a disseminação de armas. Se tivessem tido filhos, provavelmente teriam parado por amor às crianças. Tanto é verdade que, quando recebem visitas de sobrinhos, se controlam. Se vem a vontade de fumar, vão lá fora para não prejudicar as crianças.

Classificam-se como vítimas, e o são. Vítimas do marketing bem forjado que associou fumaça a sucesso e charme. E esse é um dos pecados do marketing: convencer as pessoas de maneira simpática e sutil a comprar um produto que as prejudica. Deveria ser totalmente proibido. Não é. Exceto em filmes antigos, não está mais na televisão, nem nas novelas, nem no rádio, nem nas ruas, mas continua sendo fabricado e oferecido.

Seria antidemocrático proibir sua fabricação? Seria antidemocrático proibir a fabricação de coquetéis molotov? Quem acha que não é a mesma coisa deveria ver o pulmão de um fumante depois de vinte anos de vício...

Torpes entorpecentes

O pó, o embrulho e o comprimido, depois,
lágrimas e gemido.

Na porta das escolas, no pacotinho de doces, no pedacinho de papel existe um perigo. No meio da torcida, na praça da matriz, no beco mal iluminado existe um perigo. No salão de danças, no ponto de ônibus, nos banheiros das escolas existe um perigo.

O perigo é um pacotinho de pó, uma seringa, um punhado de erva, um maço de cigarros, frascos, um comprimido. É um embrulhinho, uma porção, uns miligramas, um microscópico envelope de morte. Depois vem o sono e o torpor, a sensação de falso poder e liberdade, a indiferença, a marginalidade, o desajuste, a loucura, o desafogo e, às vezes, o crime.

*

Há vendedores e traficantes de veneno, sequestradores de felicidade, que roubam de crianças e jovens a saúde, a vida e a dignidade. Há fazedores de escravos modernos, vivendo à custa da dor de pais e filhos. E nós não sabemos o que fazer com eles.

Enquanto não soubermos enfrentá-los e amarrar-lhes as mãos, eles vencerão, e o país terá perdido. Depois que apareceram, o país ficou uma droga. Muitos futuros craques implodiram e ainda implodem por conta do crack. É bomba que explode no cérebro. E vai piorar se o Brasil não vencer o narcotráfico. Traficantes que não ligam a mínima para o futuro do país estão assassinando maldosa e conscientemente o Brasil de amanhã. A arma: veneno em forma de narcóticos.

Estamos à mercê de mega-assassinos. Eles sabem que matam muita gente e não pretendem parar. O maldito dinheiro que ganham tornou-os mais malditos ainda. Se o inferno existir, são os maiores candidatos a ele. Como não acreditam em inferno, trasformam a vida dos outros em um. O céu não é para eles, a menos que se convertam e reparem seus pecados. Assassinos a sangue-frio, são o que há de pior em qualquer civilização.

Entre o operador de canhões e eles, a diferença é enorme. O operador de canhões era mandado e não lucrava mais por executar a tarefa. Eles matam pelo dinheiro, sabendo por que e quem matam. Soldados sujos de uma guerra suja e silenciosa, sabem o que fazem e pouco se importam com isso, desde que consigam seu dinheiro. À noite, vão dormir sossegados no lindo palácio, ou nas lindas coberturas com piscina, enquanto pais e mães em algum lugar se descabelam, porque alguém matou seu filho devido a alguma conta não saldada.

O mundo já teve milhões de criminosos, mas poucos são tão cruéis e frios como os vendedores de droga. Eles sabem que são maus! E pouco se lixam, desde que recebam em dia o maldito dinheiro. O negócio deles não é a dor das famílias nem o sentimento: é o pó. Não são padres, nem pastores, nem médicos, nem psicólogos: são traficantes e bandidos. Disso vivem e disso enriquecem. Pouca gente é mais cruel. E eles sabem disso. Escória não é o usuário. Escória e rebotalho social são eles! Mercadejam com o pior tipo de lixo e o empurram para dentro de nossos jovens. Mesmo zangados, oremos por eles e por seus filhos e filhas. Quem vai precisar de todas as preces possíveis e imagináveis são eles.

Crucificado sobre o pó

Era um bom menino, mas morreu de overdose.
Incapaz de fazer o mal aos outros, fazia-o
todos os dias contra si mesmo.

Tive a honra de conhecê-lo. Ele tinha 32 anos. Seu olhar lembrava sofrimento. Pelo que li sobre Francisco, o rapaz poderia estrelar um filme sobre o santo. Bom ele era. Chamava-se Pino, Giussepe. Terno, humilde, amigo, irmão mais velho da moçada, tirou muita gente da droga. Tinha autoridade, porque ele mesmo sofria no corpo as consequências dos seis anos de prisão da pior espécie de entorpecentes que há. Sobreviveu por milagre. Mas o corpo virou uma vitrine do que a droga faz com um ser humano.

Bom até a medula dos ossos, saiu da droga para valer e, desde então, sua vida era tirar os jovens do poder dos traficantes. Duas vezes apanhou e foi deixado quase morto numa viela. Os encapuzados disseram-lhe que, quando quisessem, o derreteriam. Cem sujeitos como ele acabariam com o negócio milionário da droga. Ele não se amedrontou.

Um dia, viajou para Roma a serviço da comunidade católica que fundara. Não chegou. Três dias depois foi encontrado morto num hotel suspeito da periferia. Para a polícia, foi mais um caso de overdose. Para os amigos, ele foi assassinado. Lembraram o recado dos donos do tráfico. Matá-lo era pouco. Deram um jeito de fazer parecer que ele voltara à droga e que não era nada do que pensavam que era. Duplamente assassinado! Até hoje, para muita gente, ele voltou à droga. Para os jovens que ele salvou, Pino foi morto duas vezes; no corpo e na honra.

Nunca saberemos, mas Deus viu e sabe! Um dia, um dos seus assassinos falará! E, quando falar, seria bom que a Igreja o canonizasse. Levara vida penitente. A droga fez e faz milhões de mártires. A vida de um santo ex-drogado pode ajudar, e muito, os que todos os dias tentam tirar milhares de jovens desse inferno que se chama tóxicos.

Filho craque e filho no crack

Um pouco é culpa da sociedade,
mas eles também têm culpa.

O mundo tem, infelizmente, milhões de pessoas que saíram de circulação, embora ainda circulem. Explico-me: perderam o objetivo. Rodam, rodam, rodam e não sabem por que nem para onde, mas não saem do pequeno círculo de infelicidade. Grande número dessas pessoas usa a droga como combustível, três, quatro, seis vezes ao dia, vinho demais, cerveja demais, crack e cocaína que sempre são demais, não importa qual quantidade. A maconha, por mais inocente que a pintem, também é demais, tanto quanto o cigarro o é. Digamos com ênfase: *é pior do que o cigarro.* Por mais que a defendam como curativa e potencializadora, é droga, e droga será.

Muitos de meus amigos jovens que caíram nos tóxicos eram pessoas inteligentes, mas acabaram desperdiçados por excesso de sabor. Falei e fui rejeitado. Não ouse dizer isso a eles. Reagirão contra a sua interferência e o declararão ignorante e inimigo. Haverá revanche. Dá-se o mesmo com os ébrios de fama e de dinheiro. Jamais admitirão que passaram dos limites, mas passaram. Sua conta no banco tem dinheiro demais, sua casa tem luxo demais, sua adega tem bebida demais, e o seu corpo, álcool demais, enquanto a alma tem cada dia menos impulso vital.

Estão vivendo mais por casca do que por conteúdo, mais por fora do que por dentro; precisam daquela dose, vivem da bombinha que vem de fora, porque a bomba da alma tem bombado cada dia menos. Já foram motivados; agora, para se motivarem, precisam do excesso.

Quando você sente que não adianta falar porque não será ouvido, trate bem, respeite e ore. Há casos em que só a graça de Deus pode atuar, porque a desgraça ou o começo dela já se apossou da pessoa.

As mães e a cracolândia

Agonizam com aqueles filhos.

Mães *e* cracolândia, e não mães *da* Cracolândia. Elas não criaram aquilo. Em São Paulo há uma região triste, tétrica, antecâmara do inferno, onde moram alguns adultos e jovens vítimas de um tipo de pedra que derrete e eles fumam. A fumaça mortal dessa pedra vai ao cérebro e, em poucas semanas, inutiliza mais um ser humano.

Se um povo quisesse declarar guerra e em três décadas minar o outro, bastaria espalhar crack entre a sua juventude e criar o costume. A dependência do crack derrotaria este povo pelas narinas, pelo estômago e pelo cérebro. É o que está acontecendo com guerrilheiros, chamados traficantes, que destroem a juventude de um país com um tipo de bala chamada crack, junto com o pó da cocaína e outros congêneres infernais.

Os guerrilheiros traficantes, que buscam dinheiro e destroem vidas e famílias, já afetaram no mínimo 10 milhões de usuários só no Brasil. A prosseguir essa guerrilha, em pouco tempo teremos de 20% a 25% da população dominada. Eles terão se apossado de vastos territórios urbanos e, lá, o governo terá dificuldade de entrar para governar.

As mães que têm filhos na cracolândia sabem que estes ou foram para a guerra, ou foram raptados pelos guerrilheiros traficantes. Muitos não voltam mais para casa. E os que voltam, o fazem em estado de petição de miséria. Parecem soldados chegando do front de batalha. Chegam molambos e maltrapilhos, machucados no corpo e na alma, quase prontos para a sepultura.

Mães que ousam ir lá, à procura dos filhos abduzidos pelo tráfico, lembram mães que procuram os filhos soldados em trincheira assediada pelo inimigo. Correm risco de morte. Os traficantes são tão atrevidos que proíbem as mães de voltar, porque haverá consequências para a família inteira.

Não se pode fazer muito, porque as leis não permitem certo tipo de repressão. Quando se vê que os juízes também estão de mãos atadas e os grupos de serviços não conseguem atuar, percebe-se a impotência e a inoperância de um Estado que não sabe como agir. Cracolândias existem por todo o país. Os assistentes sociais não têm força, psicólogos não dão conta do número de pacientes, hospitais não têm leitos e a batalha continua com vítimas amontoadas nas ruas.

Se pensam que estou dramatizando, entrem na internet e leiam a respeito, passeiem por lá de carro, e vejam o que acontece em plena luz do dia, ou no lusco-fusco do amanhecer. É guerra, é guerrilha. Alguns daqueles que passam para comprar o pacotinho maldito são executivos. Trabalham em firmas, alguns até na área da saúde. Por suas mãos passam pessoas que confiam neles, mas não sabem de seu vício. Aquele moço bem-vestido que trabalha no banco vai lá e compra quando a polícia não está por perto. E ele vai lidar com dinheiro. De uma das mães com filho numa das cracolândias do país, um sacerdote pinçou esta declaração:

> *Tenho um filho traficante que vai morrer por distribuir a morte, e um filho viciado que vai morrer por ingeri-la. Não perco a esperança, mas não confundo esperança com ilusão. Sei que tenho dois filhos moribundos de overdose: um, de overdose de dinheiro, outro de overdose de fumaça. Não sei*

o que fazer, mas o Estado também não sabe. Ouço que vai construir dez estádios novos e um trem-bala, dinheiro que não acaba mais. Coisa de bilhões. Mas para ajudar nossos filhos não há dinheiro. Parece que as leis, em vez de libertar, favorecem a destruição dessas crianças. Quem pode tirá-las da rua não tira e quem não pode vira assunto para jornalistas, sociólogos, psicólogos, políticos e religiosos.

O Brasil não está em guerra com nenhum país vizinho, mas vive uma guerra interna, com guerrilheiros a nos atacar por vários flancos. Bombas e balas deles matam por dentro. Eu sei, você sabe, todo mundo sabe, mas os governos não conseguem achar o antídoto contra esse veneno social. As igrejas acharam algumas respostas, mas admitem que estão apenas no começo.

Crises e cruzes

Azedou aquele casamento

Como chantili, que costuma ser delicioso,
casamentos malconservados azedam...

Dezenas de acidentes podem azedar uma receita. O doce que era bom e que todo mundo elogiava, de repente, por alguma razão, acaba azedando – a tal ponto, que até mesmo os donos da receita não sabem explicar o que houve. Dá-se o mesmo com os casamentos. A relação de gente boa, que só fez o bem na vida, de repente azeda de tal maneira que amigos do casal, estarrecidos, reagem com incredulidade: *Eles? Não! Todo mundo, menos eles!*

Tenho visto isso ao longo do meu sacerdócio. Amigos meus, que pareciam ser um par de pombinhos, acabam rompendo de tal maneira que nem se olhar conseguem mais. Ele diz que não há o que mudar e que não vai mudar. Se ela casou com ele daquele jeito, é daquele jeito que vai ser até o fim. Ela diz que tudo muda, o tempo muda, os rios mudam, um povo muda e até a religião muda, então, por que o *senhor imutável* não poderia fazer um esforço para saber mais, ler mais, ser mais gentil, mostrar mais presença, vestir-se melhor, adquirir bons modos, vir do trabalho na hora certa?

*

O debate vai longe. Cada um acaba indo cuidar dos próprios negócios. Os dois se dizem feridos e desrespeitados. Chega a hora em que um diz ao outro que já cedeu demais e dali não passa. Fiz até uma canção sobre isso: "Já não se amam". Infelizmente, acontece, e acontece com gente boa.

Agora, enquanto escrevo, posso me lembrar de pelo menos uns cinquenta casamentos de católicos e evangélicos que não conseguiram prosseguir. Acabou o encanto, a admiração e a paciência. Em muitos casos, não há outra pessoa. O que há é a pessoa que não aceita se atualizar e bate o pé, dizendo que quem tem de mudar é a outra. É uma pena que o que foi tão bonito acabe desse jeito.

Quando a receita, que era boa e da qual todo mundo queria uma cópia, azeda, a primeira coisa que se deve fazer é tentar descobrir qual ou quais ingredientes contribuíram para desandá-la. Não demora, e filhas ou filhos falam: falta de gentileza, um dos dois é livre demais, tem outra pessoa no pedaço, bebida, desmazelo, imposições, fuga do lar, cansaço, rotina, a mãe mudou, o pai ficou atrasado, o pai mudou demais, não leem nada sobre as mudanças do mundo, falta religião serena e inteligente, competição entre os dois, a mãe não quer mais o pai, ela tem outro modelo de homem em mente, ele está dando uma de jovenzinho, o pai é convencido, o pai é bronco, a mãe virou dondoca...

*

Uma conversa em família mostra que os filhos já sabiam há tempos, que vizinhos e parentes já percebiam, mas ninguém tinha coragem para enfrentar os dois. É difícil porque, um dia, um não cede, no outro dia, a outra pessoa não cede, e há dias em que ninguém cede. Existem ainda os que se fazem de vítima. Um dia, ele, outro dia, ela. Fica realmente difícil ajudar quem acha que não precisa de ajuda, ou acha que é a maior das vítimas. Parecem Adão e Eva discutindo com Deus: *Foi ela, foi ele, foi a serpente!*

É mais fácil ajudar aquele casal que diz: "Errei, e da minha parte vou tentar mudar. Não sei se vou conseguir, mas vou tentar!". O amor vem a cavalo na humildade. Mas, quando o amor dá uma chance, a primeira coisa que faz é apear da humildade. Orgulho ferido é mau conselheiro. Receitas que azedam devem ser revistas. Algumas delas acabam dando certo. Outras, não mais. Depende do grau do azedume e do grau de humildade. Quem disse que casar é fácil? Quem disse que perdoar é simples? Quem disse que não é preciso esforço para ser humilde? Quem é que gosta de ceder?

Quando o casamento não deu certo

O monumental edifício tornou-se inabitável.
As ligações tiveram todas de ser trocadas.
Problema de conectividade.

Ninguém se casa para se separar. Há exceções, mas pessoas normais e sensatas não se casam com data de separação. Se o fizeram, foi arranjo, não matrimônio. Com mercadorias pode haver entregas parciais; no matrimônio entrega-se a pessoa e não apenas parte dela ou apenas por alguns meses ou anos.

A Igreja não incentiva nem apoia o divórcio, mas não é insensível a situações insuportáveis. Há casos em que a separação de um casal pode ser necessária. Em seus livros de moral e em seus pronunciamentos, a Igreja deixa bem claro que o matrimônio deve ser fundamentado no respeito do homem pela mulher e da mulher pelo homem, e de ambos pelos filhos.

Quando acontece um grave desequilíbrio; se a mulher deixa os filhos em abandono total ou se o homem deixa os filhos e a mulher em situação humilhante; quando um deles é agressivo a ponto de pôr em risco a vida do outro ou dos filhos, ou ainda quando, por desequilíbrio, um atenta contra a vida ou a honra do outro; quando os filhos correm grave risco moral – em qualquer um desses casos, o parceiro inocente tem o direito de pedir a separação de teto ou a separação matrimonial.

Falo pelos católicos. Nossa Igreja não considera isso um divórcio. Ela admite que a separação às vezes é necessária, porque a vida é um bem maior, e a honra e a dignidade dos filhos e do casal são bens incalculáveis. Maior do que o bem da vida é o bem da honra. Portanto, em certas situações, a Igreja permite a separação e até a aconselha. E, se puder ser provado que o problema que motivou a separação já existia antes do casamento, a união pode ser declarada nula: um deles era incapaz de matrimônio. Mas a Igreja não incentiva novo casamento. Esse é um dos sofrimentos da pessoa que foi vítima, porque, querendo construir sua vida com outra pessoa, esta sim amorosa, compreensiva, ouve das autoridades que a Igreja não pode desfazer tal vínculo se ele foi contraído com liberdade e consentimento mútuo.

O assunto é delicado e de tal maneira sério que a Igreja tem, hoje, tribunais em todas as dioceses para julgar cada caso, estabelecendo a pastoral de segundas uniões. Escrevi uma canção para essa pastoral. Ei-la:

Lares desfeitos

Um lar foi desfeito, não tem mais jeito
Não há revolta, mas não tem volta
O sentimento acabou.

Elo desfeito, ninguém é perfeito
Não deu mais certo, não deu
Quem não era feliz foi buscar
Um outro alguém para amar.

Dores do ser, dor de viver
São as dores do amor
Dor de viver

Dor conjugal e segundas uniões
Milhões de opiniões
Milhares de razões

Mas um lar foi desfeito
E está doendo em alguém!

Em alguns casos, verifica-se que a tendência ao erro já existia e, portanto, houve engano de pessoa. Há casos em que pode haver uma segunda união, porque a primeira não foi sinal do céu. Não havia céu naquela paixão... Carnal demais!

*

Essas coisas têm de ser examinadas por peritos e pessoas que entendem de comportamento humano e de leis. Se o matrimônio de determinada pessoa não correu bem e ela teve de se separar, é conveniente procurar algum órgão diocesano ou interdiocesano que trate de assuntos matrimoniais para ver se há possibilidade de uma nova união. Vale o esforço de consultar. Muita gente nem sabia que poderia casar de novo e que a primeira união poderia ser invalidada, mas, ao consultar, descobriu que a Igreja não considera sacramento todas as uniões. Se for esse o seu caso, procure orientar-se. Se a resposta for não, pelo menos você tentou saber e, então, entenderá o porquê. Saber o porquê ajuda mais do que imaginamos, mesmo que não tenhamos encontrado a solução que gostaríamos!

Mães corrigíveis

Pais e mães que pedem desculpas estão mais perto da vida que os que jamais admitem que erram.

Os estudiosos de comportamento humano e conselheiros que estudam, analisam, destrincham e sugerem atitudes são unânimes ao aconselhar as mães a tomarem atitudes de semáforo: verde, amarelo e vermelho regulam as relações familiares. Frases que, com o tempo, passam a se incorporar na vida dos filhos marcam a vida em família e os socializam. Graças a isso, a criança não mexe mais na tomada, não brinca com facas nem com talheres e louças da casa. Graças a esses "pode-não-pode", os filhos aprendem a não correr em certos lugares da casa, a não brincar em poça de água, a não subir na porteirinha nem balançar em cima dela.

No processo de educar para o *sim-sim-não-não* da vida, as mães precisam falar e repetir essas palavras quantas vezes necessário for, devidamente entremeadas por um *talvez* ou *quem sabe*. As crianças precisam também perceber a sintonia de pai e mãe nas decisões. Assim, não farão o joguinho de *deixa, pai; mamãe deixou*. Filhos precisam desses limites e barreiras, e, quanto mais cedo receberem beijos, carinhos, abraços e proibições – e até repreensões severas, mas nunca agressivas demais –, mais chances terão de obter uma educação sólida, amorosa e exigente.

Mães deveriam ser o oposto de banana passada e mole ou de pamonhas macias demais. Boas mães têm maciez e consistência.

O colo deve ser suficientemente macio para que uma criança encontre conforto, e os filhos e filhas adolescentes, o abraço e o beijo bem dados – mas a palavra deve ser exigente, para que os filhos, não importa a idade, não passem do limite.

Fez certo a mãe de setenta anos que, em festa cheia de convidados, não hesitou em dar um tapa no rosto do filho quando este, após ter bebido mais do que devia, diante da própria esposa e da filha, chamou de potranca a mulher do sócio. Ante o silêncio de todos, a mãe se levantou de seu lugar, foi até o filho e deu-lhe um solene tabefe na boca. Depois, voltou-se para a comunidade ali presente e disse:

– É bom que ele saiba que ainda tem mãe. Minhas desculpas. Faço isso para que o marido dela não tenha de fazê-lo.

A festa, porém, continuou. O ofensor foi levado embora, mas os outros quiseram ficar, em sinal de solidariedade.

Com o passar dos anos, o copo desestabilizara o homem, mas o tapa bem dado ficava como recado de que ele não tinha o direito de prejudicar a comunidade. Exagerou? Talvez. Mas era ali na hora ou nunca mais!

Inútil e inutilizado

Quando ele erra feio, dá um jeito de pôr a culpa nos pais. Descobriu que há deseducadores que sempre culpam os pais.

Vítima de droga, incapaz de se controlar, ele acusava o pai e a mãe de terem-no inutilizado. Na verdade, ele se inutilizara com a colaboração inconsciente dos pais. Faltava às aulas. Por mais que os pais pedissem, não concluiu os estudos, não chegou ao fim do curso de computação, não concluiu o curso de música, não entrou na faculdade, nunca chegou ao fim de nada que empreendeu.

Bastava algum entrevero, bastava não gostar de algo, e ele saía pela tangente. Era um sujeito totalmente tangencial, pingente da vida, pronto a saltar fora toda vez que exigissem que entrasse e pagasse o preço da viagem. Conseguia impor sua vontade a quem quer que fosse. Pai e mãe foram cedendo até o dia em que não foi mais possível. Aí, ele já era um inútil. Não sabia nada e não conseguia trabalho. Não tinha disciplina nem qualificação, e tudo que sabia era pela metade. Não passava em nenhum teste. Quando conseguiu um emprego que uma família generosa lhe concedeu, jogou fora um mês depois, ao chegar drogado ao trabalho. Tinha sido avisado: tudo, menos droga, no emprego. Saiu reclamando de perseguição.

Prestou seis concursos e não passou em nenhum. Aos trinta anos, nada o capacitava. Decidiu fabricar correntinhas na praça, mas não tinha o talento dos colegas. Seus produtos não eram procurados. Foi pego roubando bijuterias de um rapaz que atuava em outra praça. O rapaz reconheceu que as peças eram suas. Parou na cadeia.

Doentes, pai e mãe não tinham dinheiro nem condição de trazê-lo para casa. Ao sair da cadeia, jurou que iria se tratar, aprender algum ofício. Ingressou numa igreja pentecostal, que o internou numa casa de recuperação. Aguentou três meses. Fugiu, viajou para o Nordeste. Os pais, enfermos, nunca mais ouviram falar dele. Quando a família pergunta, dizem que esta lá pelo Nordeste fazendo alguma coisa.

Alguém o reconheceu em Salvador, vendendo fitinhas do Senhor do Bonfim. Disciplina, absolutamente nenhuma. Até que ponto os pais são culpados? Até que ponto ele entende sua inutilidade? Foi desperdiçado ou desperdiçou-se? Sociedade? Família? Quem descuidou da disciplina? Sua trajetória é um recado vivo aos jovens que sempre fazem o que querem. Talvez não se tornem inúteis, mas serão bem menos úteis do que poderiam ser se aceitassem o semáforo da família!

Pai perfeito e mãe perfeita

O casamento perfeito não existe. O quase perfeito, sim. Tem amor e tem perdão.

Não existem pais perfeitos nem mães perfeitas. Não há quem não saiba e não tenha dito essa verdade entre amigos, mas o fato é que alguns pais e mães são mais completos e outros, menos. Como o exercício da paternidade e da maternidade é um aprendizado de humildade, não há pai que não possa ser melhor do que é e nem mãe que não entenda que pode melhorar como pessoa, mãe e mulher. E é o que acontece com a maioria dos pais e mães. Melhoram com o passar do tempo e com o crescer dos filhos. Chegam ao que o rabino Hillel classificava como a fase do *meu-teu/teu-teu*. Chegam ao mais alto grau de gratuidade.

Depois, há os outros – minoria, graças a Deus. Egoístas na juventude, adultos rabugentos e insuportáveis. Criaram uma família para seu benefício e exigem que ela se adapte a seu ritmo. Dão a impressão de que criaram tijolos, que podem quebrar quando quiserem e colocar onde desejarem. Não importa o tamanho, se for preciso mutilam e quebram para que o tijolo do qual se sentem donos absolutos se ajuste ao projeto. São homens ou mulheres com forte grau de histeria. Ou tudo é como querem ou todos sofrerão. Nunca lhes ocorre que possam ter ido longe demais nas exigências ou negligências.

Aprontam auês, usam de agressão e violência, ferem-se, ofendem-se diante dos filhos, demonstram cansaço de conviver com outra pessoa. Nada mais esperam de sua família. Acabou a paz e a esperança. Se amor existe, é tênue como último pedaço de vela. Alguns pioram com o passar do tempo, como fruto que vai se deteriorando. Não fazem questão de melhorar em nada. Se, antes, eram os filhos pequenos que davam trabalho, agora são eles próprios, pais e mães sem perspectiva e nervosinhos demais, que dão trabalho aos filhos crescidos. Não por enfermidade – o que seria perfeitamente aceitável e compreensível –, mas por incapacidade de adaptação ao progresso da vida. Regridem à medida que o tempo passa.

Sobre esses pais em processo de deterioração, que não aprendem nem aceitam querer aprender; que não têm a mínima intenção de se corrigir, poderiam ser escritos alguns livros amargos e pesados, mas seria, ainda, um tratado sobre a minoria. A maioria dos pais melhora à medida que os anos avançam; crescem em paciência, sabedoria e graça. Além deste livro que você tem em mãos, sobre o tema compus dois shows e cerca de cinquenta canções, por entender que um país melhora conforme melhoram a paternidade e a maternidade.

*

Enfim, quando pai e mãe aprendem a ler um ao outro e a ler os filhos, a ler a vida que os cerca e a vida que cerca os filhos, é porque, como o avião que decolou, começa agora o voo cruzeiro da família. Está na rota e na altura certas, na direção e na velocidade adequadas. Agora é só questão de administrar e melhorar o voo. Pais são como águias – e águias, em geral, sabem voar e têm visão quase perfeita...

Visão panorâmica

Todos os pais deveriam pedir em prece um olho de águia. A mil metros de distância, ela enxerga detalhes.

Eis um tema que deveria ser caro a quem tem filhos. Dos pais, se espera visão panorâmica desde o primeiro filho. Cada filho oferece a própria paisagem, além da paisagem que o cerca. Cada filho é um mistério. Juntos, aumentam o mistério da família. As amizades que vão adquirindo e os amores que conquistam ampliam a mística. Sem uma visão panorâmica, a mãe se perde; sem perspectivas, o casal se magoa e magoa os filhos. Estreitezas nunca ajudaram a família, que precisa ser muito mais leque do que funil.

Há de haver a mística do antes, do durante e do depois. A mística do depois é fundamental para o casal que pretende educar os filhos. É a falta dessa espiritualidade que eu chamo de mística do *suave depois* que gera pais, filhos e indivíduos ansiosos, cheios de expectativas, exigentes e centrados demais nas próprias conquistas. Tornam-se pessoas incapazes de perder, ceder ou renunciar em favor da comunidade. Um antes e um depois histéricos na base do "tem que ser assim, senão eu rompo, quebro e arrebento" não contribuem para formar pessoas felizes ou serenas. A mística do *sereno antes* e do *sereno depois* é feita do verbo *esperar*. Gera pessoas pacientes.

*

Pais excessivamente permissivos não estão lendo o depois dos filhos; os excessivamente cerceadores cometem o mesmo erro de leitura. Se pretendo ir de Taubaté a Campos do Jordão, depois seguir para Pouso Alegre, e se quero ir de carro, terei de levar uma série de fatores em consideração: a neblina e a chuva, os bloqueios, o horário da viagem. Esses e outros detalhes pesam nas perspectivas. Se quiser ir de helicóptero, por ser trajeto mais rápido, porém mais exigente, terei de levar em consideração outros fatores. Isso também é perspectiva. Ultrapassar na hora certa e deixar que me ultrapassem fazem parte da visão panorâmica. O tempo que levarei até chegar é outro fator.

Na educação dos filhos entra tudo isto: aonde queremos chegar, com que meios, com que pressa, com que paciência, com que urgência, com que possíveis proibições ou permissões. Os pais precisam ter visão panorâmica para poder dizer, de antemão, que tipo de comportamento vão permitir ou proibir. Precisam saber antes para não chorar depois. Essa visão panorâmica e detalhada de águia, de pais que enxergam mais longe do que os filhos e os ensinam a enxergar mais longe, mostra a diferença entre criar filhos ou toupeiras. Nada disso se consegue sem leituras nem diálogos.

A leitura e o diálogo

Pais que não leem perdem a chance de responder com mais sabedoria.

Você hoje sabe falar porque ouviu e porque leu. Provavelmente, alguém deixou que falasse e argumentasse. Pode até não ter existido diálogo na sua casa, mas por certo você o aprendeu na escola, na casa de algum parente ou com amigos. O fato é que descobriu o diálogo. Os outros podem falar, que você não interrompe.

Falar e ouvir têm seu preço e consequências. Mas apenas falar e jamais ouvir costuma ser pior. É por conta do diálogo truncado que os namoros acabam; é em virtude do excesso de autoexpressão de um lado ou de outro que os casamentos entram em crise; é por incapacidade de ouvir e deixar que o outro fale que a maioria dos relacionamentos humanos desmorona.

Alguém falou demais ou se calou demais naquele matrimônio que não deu certo; pior ainda quando os dois falavam e ninguém ouvia. O mutismo também não adianta. Não contribui para o diálogo. Pais inteligentes e argutos praticam o diálogo, porque sua família de três ou seis pessoas é uma realidade única. Expressar-se demais prejudica os outros, de menos também prejudica. Amar dentro do matrimônio supõe diálogo de olhares, beijos, palavras e corpos. É um morrer diariamente para que o outro viva, mas, ao mesmo tempo, é um viver para que o outro não morra. Poucas pessoas se dão conta disso, mas dialogar é perder e ganhar e, em certos momentos, mais perder que ganhar; em outros, mais ganhar que perder. É ultrapassagem inteligente e serena, na qual quem ultrapassa sabe que será por pouco tempo. E quem se deixa ultrapassar também sabe desse fato.

*

Voltemos à viagem pela montanha, às chuvas e às neblinas. É tolo quem ultrapassa quando a neblina impede a visão. É tolo o apressado que acha que pode deixar os demais para trás em estrada escorregadia. Num mundo escorregadio, todo cuidado é pouco para pais e filhos. O rapaz que morreu de moto numa sexta-feira chuvosa acabara de ultrapassar centenas de carros. Era morte anunciada. Acreditara demais em sua habilidade e no motor que pilotava. Só não lera as placas que mandavam ir a menos de 60 km/h. Espatifou-se a 120 km/h.

Esperto é quem dá um tempo e espera que a neblina passe. É assim no matrimônio, é assim no relacionamento com os filhos. Existe o momento de esperar, porque não há outra coisa a se fazer. E existe o momento de proibir e de não deixar passar, como existe o de passar à frente para que o outro não caia no abismo. Tudo isso faz parte do longo aprendizado de ser marido ou mulher, pai ou mãe. De repente, mais lá em cima, brilha um sol maravilhoso e confortador, mas é porque todos souberam atravessar a tempestade.

Conselheiros matrimoniais

Toda a paz ainda é pouca para um conselheiro matrimonial.

Se você nunca foi chamado a conduzir um casal em litígio ao diálogo, é bom que saiba do imenso desafio que enfrentará caso alguém lhe peça essa ajuda. Em alguns casos, os dois têm suficiente bom-senso para aceitar as reflexões do amigo e conselheiro. Em outros, pode acontecer como nas lutas de vale-tudo, nas quais sobram coices e socos para o juiz. Algumas separações são extremamente dolorosas e conflituosas. O conselheiro pode esperar problemas. Pode ser que um dos dois afirme que você disse o que você nunca disse. Se a briga for violenta, ouvirão metade ou um terço dos seus conselhos e sempre estrategicamente modificados, para que pareça que foi você quem sugeriu este ou aquele comportamento, quando, na verdade, sugeriu algo semelhante, mas não aquilo.

Tentarão de todas as maneiras fazer crer que você tomou o lado do inocente – no caso, o dos dois! –, mas você estava falando do filho de nove anos. É que frases pinçadas e fora de contexto servem como luva para quem quer derrotar o outro. O comportamento é o do jogador de futebol que cava uma falta e quer que o juiz expulse o outro.

Toda a paz ainda é pouca para um conselheiro matrimonial. É jogo duro de "vencer ou vencer", quando o conselheiro quer levá-los a "ouvir e ouvir e ouvir". Como olham as próprias virtudes com lente de aumento e os defeitos do outro com lupa ainda mais poderosa, vai sobrar fel sobre o conselheiro. Mantenha a firmeza. Não agrida nem condene, nem tome nenhum lado. Já basta o que fazem os "amigos" ou "parentes" que, no fundo, acabam pondo lenha na fogueira. Do amigo conciliador espera-se isenção. Feito o estrago e sendo impossível a reconciliação, porque as partes estão irreconciliáveis ou até irreconhecíveis, a serenidade pode fazer a diferença.

Orar é fundamental. Deus, que nem sempre é ouvido numa hora dessas, pode iluminá-lo para que você diga a palavra certa do jeito certo, na hora certa e para a pessoa certa. Mas vá com humildade. O terreno é escorregadio. Ouça muito e fale pouco. Mas fale com segurança.

Histórias e testemunhos

A um casal sem filhos (poema de 1995)

Não deu certo aquele sonho. Isto é: deu certo pela metade.
No seu coração resignado há uma dor que só vocês sabem como dói.
Vocês dois se amam tanto, mas o sonhado filho não veio.
Já viram todos os médicos, tentaram todos os recursos,
já pediram o milagre...

Há centenas de pessoas que oram com vocês,
mas o sonhado filho não vem.
Estará lá, guardado na mente de Deus,
para, quem sabe, um dia, se isso ainda for possível...

Se não for para ser, vocês aceitarão, como estão aceitando,
mas, que não é a mesma coisa, não é!

Vocês se casaram porque se amavam muito e sonhavam
viver e chorar e sorrir juntos.

No "juntos" estavam as brincadeiras com um menino ou uma menina
que vocês até já imaginavam como seriam.
Mas eles não vieram. Nem ele, nem ela!

E aí estão vocês. Catorze anos de casados e... nada!
Outros casais na mesma situação adotaram e deu certo.
Vocês não quiseram se arriscar por razões suas.

Posso dizer uma coisa?
Na fazenda de um amigo meu havia uma mangueira
que não dava mangas, mas que ainda era mangueira.
Protegia contra o calor, exalava perfume de mangueira,
dava flores que não viravam frutos,
mas muitos amores começaram debaixo de sua proteção.

Quem disse que ela não deu frutos?
E vocês? Quem disse que vocês não deram frutos?

Devolver alguém a Deus

Mais dia, menos dia, você será chamado a devolver alguém de sua casa a Deus.

Ninguém gosta de pensar nisso, mas é bom que se pense; os religiosos, mais ainda, já que acreditam em Deus e na vida eterna. Mais dia, menos dia, você será chamado a devolver alguém de sua casa a Deus: uma bisavó, uma avó, um velho tio, o nono, um doente terminal ou até mesmo um filho adolescente. Acontece com milhares de pessoas, todos os dias. Em alguns casos, é dramático. Não se esperava naquela hora e daquele jeito. Em outros, o desfecho era mesmo aquele. Conto uma história para, quem sabe, ajudar você naquela hora em que muita gente, desnorteada, não sabe o que dizer nem fazer além de chorar.

Um amigo meu, excelente pessoa e excelente médico, fez o que podia pelo pai que morria de câncer no pulmão. Esgotados os recursos da medicina, preparou a família:

– Papai não tem mais do que algumas semanas de vida.

Mas ele durou mais do que o previsto. Parecia lutar heroicamente contra a morte. Foi quando ele me disse:

– Se puder ajudar papai a morrer sereno, eu lhe agradeço.

Era o médico chamando o padre, que, supostamente, deve entender mais desse assunto que os outros. Fomos juntos. Ele segurava a cabeça e eu as mãos do pai, cuja agonia já levava dias. Depois de orar por ele, já que orar junto a ele não podia mais, eu disse, bem calmo e pausadamente, mais ou menos o que segue:

– Seu José, se está me ouvindo, quero que mexa os olhos.

Ele mexeu.

– Sabemos tudo o que lhe vai aí no coração, mas, se o senhor está querendo ficar neste mundo para, quem sabe, cuidar de sua esposa, a quem o senhor ama tanto, ou quem sabe tem algo a resolver ficando por aqui, então vale a pena tudo o que está passando. Mas se quiser voltar a Deus agora e descansar, seus filhos cuidarão de tudo, e eu falarei para sua esposa que o senhor foi cuidar dela junto de Deus. Se o senhor está querendo partir, pode ir tranquilo. Sua família saberá viver o que o senhor ensinou. O senhor fez uma família linda e boa, mas agora o corpo está dizendo que é hora de descansar, e seu coração, pelo jeito, quer partir. Vou falar com Deus e, enquanto eu falar, se o senhor quiser, fale junto. Se achar que já pode se entregar, eu o devolvo a Ele em nome de nossa Igreja e de sua família. Temos orgulho do senhor. Pode ir, se quiser. Nós nos cuidaremos e tomaremos conta de tudo por aqui.

Comecei a orar. Ele penosamente abriu os olhos, olhou ao redor, viu o filho, encarou-me. Tornou a fechá-los e, minutos depois, respirou fundo e pela última vez. Tinha partido. Conversando depois, meu amigo médico agradeceu:

– Papai morreu bem. Ele estava precisando de alguém que lhe dissesse para ir em paz. Você disse isso do jeito certo.

*

Palavras ajudam a viver e a morrer bem. Saiba devolver a Deus aqueles que há tempos ensaiam sua volta. Em alguns casos de dolorosa agonia, talvez seja isso o que desejem ouvir. Não sabemos o que acontece lá dentro de alguém que morre, mas sabemos que palavras amigas e ternas e carinho acalmam. O amor ajuda quem acaba de nascer e também quem sabe que está morrendo. Tira o medo e enche de paz. Pense um pouco sobre essas coisas! Não há nenhuma casa que não passe por essa situação.

Eu a quero mesmo assim

Há os que levam para casa a rosa despetalada.
Não buscam apenas a beleza de uma flor.

Quem já viu algum show meu e dos cantores que me acompanharam nestes últimos vinte anos sabe que repito religiosamente, como se fosse numa missa, uns cinco gestos fundamentais. Um deles é o da rosa machucada.

Pego uma rosa e pergunto ao povo se ela é bonita. Depois vou quebrando simbolicamente o pé, o joelho, a coluna, o pescoço, tiro um pedaço do miolo, perguntando, a cada gesto, se ela ficou mais feia ou menos perfumada por causa disso. O povo insiste em dizer que ela continua uma flor bonita, mesmo ferida. Então, peço que digam o mesmo aos doentes de sua casa.

Num mês de setembro, em turnê pelo Maranhão, assim que acabei o gesto, uma senhora humilde e sorridente gritou:

– Dá ela pra mim, padre!

Revidei:

– Mas está toda quebrada. Eu vou lhe dar outra!

E ela:

– Outra não. Eu quero é ela, assim mesmo como está.

Aproveitei o fato para fazer uma catequese sobre as muitas flores humanas machucadas que as pessoas encostam ou jogam fora. De certa forma, alguns de nós temos mais facilidade para adotar e cuidar de flores e gatinhos machucados do que de pessoas feridas. Não era o caso daquela senhora, mas é o de muita gente que, não sabendo o que fazer por alguém ferido, vira-lhe as costas.

É claro que há um limite. Se você oferece o que pode e o que sabe pelo amigo, e, mesmo assim, ele parte para outra e não quer mais a sua ajuda, nem ouve seus conselhos, você fica meio amarrado. Se faz, é agredido, e, se não faz, também o é. Nesses casos, só Deus! Aí, sim, ore! Pode não ser possível restaurar uma rosa ferida, mas já é alguma coisa se a gente a quiser daquele jeito e ajudar como puder! Foi o que aquela senhora fez! Deve ser por isso que tinha um olhar de mulher realizada!

Seringas ao longo do caminho

Seringas contam histórias...

Morei sete meses em Nápoles, em paróquia que dava para Marechiaro e de onde se contemplava as ilhas de Capri e Íschia e o famoso vulcão Vesúvio. Visão maravilhosa. Mas, ao descer da casa paroquial para a igreja, passava por duas vielas, e todos os dias presenciava o resultado das noites juvenis um pouco acima daquele esplêndido lugar de festas e restaurantes à beira-mar. Agulhas, camisinhas, seringas, garrafas de bebida falavam das noitadas e dos bacanais vividos nos fins de semana pelos jovens, muitos deles de famílias ricas da região. Lá também os ricos se drogavam num lugar e os pobres em outro.

*

Passo hoje por alguns lugares suspeitos e evidentes de grandes cidades, avisado por amigos sobre onde ir ou não, onde deixar o carro ou não. Fico sabendo pelos que conhecem essa realidade e a estudam que as seringas, os pacotinhos e as garrafas contam histórias de filhos frequentemente recém-saídos da adolescência – mas todos, certamente, com menos de trinta anos. É o grupo que mais mata e morre de overdose.

O Brasil tem uma história nem sempre conhecida ou levada a sério, um presente nem sempre protegido e um futuro que preocupa, posto que, em muitos bolsões, está pontilhado de maconha, cocaína, crack, seringas e pacotinhos malditos. É claro que há pessoas e entidades fazendo alguma coisa para sustar o avanço dessa coluna de morte. Mas será esta "alguma coisa" suficiente e eficaz? Pelos números, eu sei e você sabe que não. Enquanto professores, escolas, juízes, promotores e agentes da lei não forem protegidos, enquanto não se gastar mais com casas de acolhida; enquanto o governo não apoiar as entidades que, de fato, ajudam esses jovens, vencerão os frios assassinos que dominam a produção e a distribuição desse veículo de morte chamado tóxico. O governo gasta 10, enquanto os os traficantes gastam 100 e lucram 5 mil. Aquelas seringas já escreveram tétricos obituários. Como poucos leem e pouco se conta nos jornais, resta a pais e comunidades contabilizarem suas vítimas.

Hoje mesmo, enquanto escrevo estas linhas, só no eixo Rio-São Paulo devem ter morrido mais de cem jovens que militam no tráfico ou que são vítimas do que o tráfico vendeu. Não aparece nos grandes jornais, mas, se computarmos os mais de oitenta jornais da região, veremos a triste realidade.

Lares reajustados

Há reajustes que nos tornam justos.

O casamento dos dois ia de mal a pior. Era visível o risco de ruptura. Ele posara de inocente e jogava os amigos contra ela. A megera era ela. Mas a verdade é que ele gostava muito de sexo, e ela perdera o gosto de se dar a quem nunca se dera a ela. Chegou o momento em que ela passou a ceder contra vontade e ele acabou perdendo a vontade por conta da falta de vontade dela. Procuraram um psicólogo, um dos melhores da região. Não deu certo. Ela não aceitou prosseguir. Procuraram o padre, um excelente conselheiro. Não deu certo, ele se negou a prosseguir, porque o padre falou nos direitos da mulher. Foram ao pastor da filha, que se casara em outra igreja. Também não deu certo, porque o pastor dera a mesma resposta que o padre. O marido era patriarcal demais.

Ela continuava com seus traumas e o pouco desejo de grandes relações, e ele prosseguia com sua necessidade de homem. Não admitia ceder. De uns anos àquela data, ela também se cansou. Ou ele cedia ou não haveria mais isso de dormir junto. A revolta dele subiu ao máximo dos graus. Mulher tem de ceder!

Caiu nas mãos dela um dos mais de duzentos livros que tratam do assunto. A autora escrevera um livro redentor. Leu-o e passou-o ao marido. A escritora quase não falava de sexo. Falava, sim, de gratidão, cumplicidade, entrega mútua, carências maduras e nunca desesperadas, de parceria e renúncias inadiáveis. Os homens em geral aprendem errado isso de relação e reação. As mulheres também, mas até alguns anos atrás eram elas que cediam pela paz do lar por ambos imaginado.

Após o livro, ela concluiu que, por menos que gostasse de sexo com o marido, tinha suficiente juventude para dar alegrias e prazeres a ele, e não a outro. Devia muito ao moço, que trabalhara duro por ela. Ele concluiu que, por mais que gostasse de sexo, precisava compreender que exagerava na dose. Devia tanto a ela quanto ela a ele.

Cederam a contragosto. Voltaram ao psicólogo, que deu uma sonora gargalhada de amigo. O livro era o que ele indicara já na primeira terapia, mas os dois não haviam sequer anotado o nome. Brincou com ela dizendo:

– Filha, você leu, pensou e descobriu por si mesma o que eu estava tentando lhe dizer em palavras amigas. A ligação que estabeleceram, no caso de ambos, foi vinculante. Vocês não sabem viver um sem o outro, embora estejam revoltados, porque também não sabem viver um com o outro. Puseram o sexo no centro do conflito, mas ele é periférico. O núcleo de vocês é a cumplicidade. Quando a redescobriram, a entrega voltou a fazer sentido. Ele já não vai a ela com tanta fome, e ela já não o encara com tanta falta de apetite...

Amor exigente

Sem reação certa não se acerta uma relação.

Em casa, onde por uma porta entra o vício, pela outra sai a paz. Ia tudo muito bem naquele lar até que nele, toda noite, passaram a entrar as obrigatórias seis latas de cerveja do pai e, sem disfarce algum, as seringas do filho mais velho.

Eles diziam que não era vício, mas quem via o resultado sabia que era e que tinham perdido o controle de si mesmos. O rapaz chegou um dia a bater no irmão mais novo para provar que não era dependente nem violento, e o pai, um dia, quebrou a ponta da mesa de vidro com um soco, quando uma filha pediu que ele parasse de beber. Disse que era desrespeito. Ele não era "bebum" coisa nenhuma! Além disso, pai e filho brigavam entre si, um exigindo que o outro parasse primeiro. O pai o chamava de drogado e ele chamava o pai de alcoólatra. Se as filhas falassem levavam pescoções e tabefes do pai, em nome do respeito que ele mesmo não se dava.

As duas foram morar com a tia no outro lado da cidade; na casa ficaram a mãe, o filho e o pai. Um dia, este caiu de bêbado no meio da sala e ali dormiu. A mulher fez a mala e escondeu-se no sítio de uma de suas muitas comadres. Deixou um bilhete. Só voltaria se os dois aceitassem se tratar. Primeiro, xingaram as mulheres da casa. Era todas uma m..., umas p... Mas, como a sujeira foi juntando na cozinha, nos quartos e nos banheiros, tão deterioradas estavam as duas mentes, e tão incapazes que eram de limpeza, não tardou para o velho, que era menos toxicômano que o filho, perceber que não dava mais. Foi ao padre, que o levou aos Alcoólicos Anônimos. Três meses depois, já mais controlado, ele procurou as meninas, que, desconfiadas, não deram o endereço da mãe. As notícias de jornal a respeito de marido bêbado que mata a mulher que foi embora as deixavam apavoradas.

A tia foi lá e viu que a reação dele foi de choro contido e de humildade. Ele realmente queria refazer o lar que destruíra por amor a seis latinhas de cerveja por noite. Falou com as meninas. Estas procuraram a mãe. A tia autorizou o homem a procurá-la. Ele mesmo pediu mais três meses para provar que agora as merecia. Deu um jeito na casa. Pôs o filho numa clínica católica para onde o rapaz aceitou ir. Seis meses depois daquele tombo na sala, a casa estava bonita, bem cuidada, e o rapaz, com aparência boa. As três mulheres voltaram para casa. Nunca mais o pai bebeu. A droga, que entrara e expulsara a paz, agora fora expulsa, e a paz voltara. Mas foi preciso alguém reagir e outro alguém pedir perdão. Deu certo, porque, finalmente, todos agiram do modo correto! Contudo, nem sempre as coisas terminam bem. Naquela casa as coisas correram bem porque ainda havia amor, mas amor que educa, reage. Seu nome: amor exigente!

Tentei ser boa mãe

Aposto que 96% das mães passariam no teste de generosidade.

Aos 79 anos de idade, enquanto jantavam no dia do seu aniversário, questionada sobre o que fizera da vida, dona Judith disse ao pároco diante de todos os familiares:

– A melhor coisa que eu fiz na minha vida foi tentar ser boa mãe.

Filhos e netos disseram que conseguiu e que também fora boa esposa. O avô foi feliz com ela... Dona Judith esboçou um sorriso sereno e concluiu:

– Pela família que eu tenho, acho que acertei.

O pároco pediu licença e contou o fato na missa de domingo. A cidade inteira concordou que dona Judith, de fato, tentara ser boa e conseguira. Era senhora e pessoa de primeira qualidade. Ninguém na cidade poderia dizer que não fora bem acolhido por ela na sua loja de tecidos. Não havia nenhuma iniciativa da qual não participasse e não acontecera nenhum evento importante do qual se eximisse ou diante do qual se omitisse.

Por isso, aos 79 anos, dona Judith tornara-se cidadã-modelo. Ela riu da comenda... Modelo de quê? O prefeito lhe entregou as chaves da cidade, porque tanto a cidade quanto a dona Judith completavam 79 anos. O município fora emancipado há oitenta anos, quando dona Judith nascia. Na outorga do prêmio, o prefeito falou:

– Se nosso município conseguir ser como dona Judith, alguém que tentou ser boa e conseguiu, então mereceremos o nome de cidade-modelo.

Chamada a falar ao microfone, com sua humildade lúcida de mulher ainda vaidosa e bonita, dona Judith disse apenas seis palavras, que arrancaram risos de todos os presentes.

– Tentei ser boa, vocês me ajudaram...

Esposa e mãe, conseguiu tudo isso por ser pessoa acessível e serena. Egoístas não chegam a esse nível.

Perspectivas

Trabalhar a emoção dos filhos

Emoção e razão em dose certa...

Você vê, todos os dias, animadores de auditório, repórteres, artistas e pregadores provocarem emoção ou acentuar e pressionar pela emoção de fiéis ou entrevistados. Não há dia em que não se veja na telinha alguém emocionado até às lágrimas, gritando para Deus ouvir, orando de rosto alterado, literalmente fora de si. Não passa dia em que algum repórter não insista na entrevista até arrancar lágrimas da vítima.

Um templo superlotado de fiéis clama a Jesus em altas vozes, ao comando do pregador, pelo poder de Seu sangue, para que expulse os demônios familiares e para que caiam por terra ante aquela prece poderosa e urgente. Programam-se noites do milagre urgente, da prece infalível; tardes da derrota de Satanás. É a fé emotiva.

Pessoas emotivas, lideradas por pregadores no auge da emoção, conduzidas por um religioso ou religiosa que chora e se entusiasma até ao paroxismo, passam horas colocando para fora temores ou carências perante o Deus que, certamente, ouvirá seus clamores. Há o crente que fala com Deus em silêncio, sem alterar o rosto, e há os que se contorcem, movem sobrolhos e bocas em preces que os transformam. Depois, voltam ao sorriso angélico e normal. Para um faz sentido a serenidade; para outro, a emoção parece aproximá-lo de Deus. Tudo indica que

Deus não olha para o rosto de quem ora. É mais coisa de movimento, de igreja, de pregação e de necessidade pessoal. Na sua casa também há o filho teatral e insistente, que se contorce e muda de feição quando quer alguma coisa. E há o tranquilo, que fala e sabe que foi ouvido. Os dois são bons filhos, mas certamente têm maneiras diferentes de se comunicar com os pais.

*

Nos templos em que o pregador é sereno, as câmeras mostram pessoas reagindo serenamente às suas colocações. No canal em que o repórter é sereno não se focalizam lágrimas. O mundo tem os provocadores de reflexão e os provocadores de emoção. Por que o fazem, só eles podem explicar.

Emoção é, com certeza, uma coisa boa. Bem trabalhada, traz serenidade. Provocada ao extremo, pode levar à histeria ou mesmo à violência. Depende do líder, do provocador e do estado de alma de quem foi provocado.

Se você tem filhos emotivos que, desde pequenos, não conseguem controlar as emoções, eduque-os para saberem o que fazer com elas. Um animador de auditório ou um pregador que os pressione além da conta poderá deflagrar um processo de difícil reversão. Não são poucos os casos de pessoas que, após frequentarem o templo ou o show errado, saíram de lá com sérios desequilíbrios.

Aprenda como pai ou mãe a perceber as emoções de seus filhos; procure entendê-las, ensine-os como usá-las e administrá-las. Na mídia e nos templos de hoje há diversos líderes que brincam com as emoções da multidão. Não se tratam com superficialidade sentimentos complexos e estados contraditórios de alma. Nem tudo é vontade de Deus ou artimanhas do Satanás ou Demônio.

Cuide bem das emoções de seus filhos. Não deixe que alguém da mídia ou de algum templo as provoque. Recorra, se preciso, a psicólogos se perceber que a emotividade deles escapa ao controle. Ligue a televisão num domingo à tarde ou num começo de noite e preste atenção a alguns cultos ou entrevistas. Analise aqueles rostos. Depois, percorra outros canais nos quais alguém expõe alguma ideia com serenidade. Observe o rosto dos ouvintes. Então, diga a si mesmo qual estilo de pregação ou de reação você acha mais adequado e exponha essa conclusão a seus filhos. A vida pode ser razão e emoção em dose certa, ou emoção demais, ou ainda razão demais. Leve seus filhos a refletir sobre os próprios freios e aceleradores. Que o rio deles não transborde todos os dias.

O outro do outro do outro

O computador não tem outro.
É por isso que ele não é inteligente.
Jean Baudrillard

Família é isso: o outro do outro do outro. Cito três sentenças de Jean Baudrillard em seu livro *A transparência do mal.* Dariam uma tese de mestrado: "A alteridade tornou-se psicodramática, sociodramática, semiodramática, melodramática..."; "Lá onde havia o Outro, adveio o Mesmo."; "O computador não tem outro. É por isso que ele não é inteligente. Porque a inteligência sempre nos vem do outro. Por isso ele é tão performático."

Poderíamos ir longe e acrescentar que o oposto não é necessariamente o outro do outro. Deus é o totalmente Outro. Mas o demônio não é o outro de Deus. Lado diferente não é o mesmo que lado oposto.

A verdade é que, não sabendo sequer definir o próprio eu, temos ainda maior dificuldade em definir o outro. Tal é o drama das famílias em que o *eu* de cada um é desrespeitado ou superexaltado. Não se encaixando, ele deturpa o *nós*, a alteridade, as diferenças sadias, transformando-as em conflito, seja por falta ou excesso de *eu.*

As famílias são feitas de outro que veio de outro, que gera outro e que, para se definir como *eu*, precisa admitir o *nós* e o outro do outro do outro. Cercados de outros, os membros da família, ao saírem de casa, deparam-se com outros ainda. Se não forem educados para essa realidade, perderão a riqueza do conviver. Não há pessoa mais pobre do que aquele que só tem o seu eu como referência. Nesse caso, não há referência, porque referência supõe reverência ou deferência para com os outros.

*

Todo aquele que trata os outros como se nada ou pouco significasse perdeu o significado de si mesmo. De certa maneira, o abandono do lar, o divórcio e os litígios de quem, meses ou anos atrás, dormia abraçado e se entregava ao prazer da vida a dois é a desistência de alcançar ou incluir o outro. Outro ou outra mais cabível acabou acelerando a exclusão da outra ou do outro que não mais se incluía.

O eu sem o outro só pode conduzir à mesmice. Pregador que não lê outros livros com outros enfoques vai pregar mesmice. Poeta que não lê outros poetas acaba em mesmice. Economista que não estuda outras economias acaba em mesmice. E não há coisa mais estressante do que, anos a fio, uma pessoa dar um pouco mais do mesmo. O telespectador, em busca de conteúdo, vai clicar no controle remoto assim que aparecer aquele rosto, porque é o rosto da mesmice. As palavras serão as mesmas. É pessoa que não inclui. Ótimas em excluir, o que não conseguem é incluir e somar. Na verdade, multiplicam mesmice.

Passe o dedo pelo controle remoto e sintonize os canais de rádio e televisão. Poderá constatar a mesmice canonizada. Não achará 10% de originalidade. Já me referi ao episódio, mas torno a contar. Um certo dia sintonizei, em Taubaté, as ondas curtas de meu aparelho de rádio que transmite o som de quatro canais de televisão. Percebi a invasão. No desespero de anunciar Jesus, uma emissora que se proclama cristã ocupava todos os outros números do dial. Era impossível não ouvi-la, porque montara cerco total. E dá-lhe que dá-lhe Jesus. O mais provável é cansar o ouvinte, que rejeitará esse Jesus empurrado aos ouvidos de toda uma cidade.

Família na qual os membros se respeitam apenas propõe, mas não cerca, jamais impõe. Parafraseando Baudrillard: lá, a alteridade não é melodramática... É serena e forte!

Educação para a paz

Um curso do primeiro ao último ano de escola.

Já escrevi a esse respeito, mas não há mal nenhum em voltar ao tema. Fosse eu deputado federal ou senador, criaria um projeto de lei propondo que em todas as escolas, desde o primeiro ano do Ensino Fundamental até o último ano de faculdade, fosse gradativamente oferecida a matéria *educação para a paz*.

A matéria englobaria a ciência do diálogo em família – porque dialogar é sabedoria. Estenderia a matéria para o diálogo cívico, político e religioso. Seria um longo curso de educação para a convivência, para as discordâncias e para a concórdia. A cada ano acrescentar-se-ia um pouco mais. Na matéria, entrariam conhecimentos de Antropologia, Sociologia, Psicologia, História, Filosofia, Teologia, Biologia. Os professores seriam preparados para mostrar as sintonias, a importância da autoeducação para o diálogo, as diferenças fundamentais entre o eu e o tu. Enfim, uma equipe nomeada pelo governo se encarregaria de criar os tópicos e as orientações necessárias para que se tornasse matéria de pelo menos quinze anos de escola.

Nessa equipe entrariam filósofos, sociólogos, psicólogos, historiadores, religiosos, teólogos, pessoas que ajudariam a possibilitar a reflexão ao cidadão sobre o que é conviver. Parece-me o tema mais urgente e mais pungente do Brasil de hoje. Basta ler os noticiários. Até noções de trânsito e de sobrevivência deveriam entrar nesse gigantesco tema: *educar para paz.*

*

Sei que é utopia esperar que algum senador ou deputado federal redija esse projeto, mas seria muito bom se um deles, entendendo o que eu pedi e, bem sei, o que muitos cidadãos brasileiros também pedem, conseguisse convencer seus pares da necessidade da matéria a ser oferecida às famílias, da criança de cinco anos ao graduado de 30 ou 35. Poderia haver até doutorado na matéria, posto que é extremamente necessária e abrangente.

Muitos problemas de violência e de agressão de grupo contra grupo desapareceriam se, desde a infância, o cidadão aprendesse que sua vocação é construir a paz e a alteridade. Quem sabe, um dia, alguém...

Mensagem final

Há lares desfigurados e há lares transfigurados...

Chegamos ao fim das leituras. Chamei-as de leituras porque, como disse ao começar estas páginas, pretendia oferecer aos que me conhecem e comungam do meu jeito de ver e expor as coisas um pouco do meu jeito de ler a vida, os humanos e seus amores e a família.

O mundo continua repleto de lares desfigurados. Lembram os rostos felizes e cheios de vida de um casal que começou entre flores, êxtases e aplausos e, de briga em briga, desrespeito em desrespeito, lágrimas e iras, são hoje rostos crispados, nem sombra do que eram quando o romance começou. É obra-prima que acabou pichada. Os dois talvez não admitam, mas sabem que o amor que não deu certo começou a desandar quando apareceram as primeiras pichações mútuas e as primeiras lascas sem os devidos reparos. Aquele álbum de casamento conta histórias alegres que acabaram tristes.

E há o casamento transfigurado. Vieram os filhos, veio a vida com todas as suas novidades, percalços e desafios, mas os dois acharam sentido para tudo. Foram transfigurando-se e entendendo a extensão daqueles primeiros enlevos, carícias, beijos e entregas. Talvez não sejam mais tão ardentes, mas estão cada dia mais profundos, porque as dimensões do ser a dois ganham novos contornos a cada mergulho de um na profundidade do outro.

Quando celebro as bodas de algum casal amigo vejo em seus olhos a expressão de quem faria tudo outra vez e, desta, ainda melhor. Foi união surpreendente e transcendente. Souberam levantar voo e voltar, sempre que preciso, ao ninho que construíram. Nidificadores, nunca cederam à tentação do nidífugo: o que se cansa e vai embora do ninho. Razões sempre há, mas não deixa de ser abandono. Ninhos podem não ser eternos, mas deixam de ser ninhos quando deixam de ser *ternos.*

Fim de livro e fim de leituras. Talvez a prece que os crentes mais deveriam fazer quando contemplam seu matrimônio é a do monge que, todos os dias, dizia a Deus: "Não deixes que eu me canse! Ainda não cheguei ao topo dos meus e dos teus sonhos!"

Referências Bibliográficas

ARIÈS, Philippe; DUBY, Georges. *História da vida privada* (vols. 1 e 2). São Paulo: Cia. de Bolso, 1985.

ATTALI, Jacques. *Uma breve história do futuro*. São Paulo: Novo Século, 2008.

BARBOSA, Adérito. *O valor da gratuidade na educação dos jovens*. Lisboa: Universidade Católica, 2007.

BAUDRILLARD, Jean. *A transparência do mal*. Campinas: Papirus, 2008.

_______________. *Tela total*. Porto Alegre: Sulina, 2005.

BAUMAN, Zygmunt. *Modernidade líquida*. Rio de Janeiro: Zahar, 2007.

_______________. *Vida líquida*. Rio de Janeiro: Zahar, 2007

_______________. *Vida para consumo*: a transformação das pessoas em mercadoria. Rio de Janeiro: Zahar, 2008.

Bíblia Sagrada (edição claretiana revisada). São Paulo: Ave-Maria, 2010.

BROWN, Louise. *Sex Slaves* – The Trafficking of Women in Asia. Londres: Virago, 2002.

BUBER, Martin. *Eu e tu*. São Paulo: Centauro, 2008.

CAMPBELL, Joseph. *O poder do mito*. (2006, EUA, Log On; Cultura Marcas, 354 min.).

CHARDIN, Teilhard de. *Comment je crois*. Paris: Seuil, 1969.

CHESTERTON, G. K. *Ortodoxia*. São Paulo: Mundo Cristão, 2007.

CHILAND, Colette. *O sexo que conduz o mundo*. Rio de Janeiro: Companhia de Freud, 1999.

DAWSON, Christopher. *Dinâmicas da história do mundo*. São Paulo: Realizações, 2010.

DEYOUNG, Kevin; KLUCK, Ted. *Não quero um pastor bacana*. São Paulo: Mundo Cristão, 2011.

FEIJÓ, Caio. *A sexualidade e o uso de drogas na adolescência.* São Paulo: Novo Século, 2007.

FIGUEIREDO, Talita. "Pesquisa aponta que 17% das jovens fizeram aborto". *Folha de S.Paulo*, 20 ago. 2006.

GIKOVATE, Flávio. *Sexo.* São Paulo: MG, 2010.

GINOTT, Haim G. *Entre pais e filhos.* Rio de Janeiro: Campus, 2003.

KÜNG, Hans. *O princípio de todas as coisas.* Petrópolis: Vozes, 2007.

HEIDEGGER, Martin. *A caminho da linguagem.* Petrópolis: Vozes, 2010.

HUNTINGTON, Samuel P. *O choque de civilizações.* Rio de Janeiro: Objetiva, 2010.

MARCUSE, Herbert. *Eros e civilização.* Rio de Janeiro: LTC, 2009.

MERTON, Thomas. *A Montanha dos Sete Patamares.* Petrópolis: Vozes, 2005.

______________. *Homem algum é uma ilha.* Campinas: Verus, 2003.

MIKLOWITZ, David; George, Elizabeth. *Adolescente bipolar.* São Paulo: Novo Século, 2010.

MURATORI, Filipo. *Jovens violentos.* São Paulo: Paulinas, 2011.

NORWOOD, Robin. *Mulheres que amam demais.* Rio de Janeiro: Rocco, 2011.

OLIVEIRA (pe. Zezinho scj), José Fernandes de. *Adolescentes em busca de si mesmos.* São Paulo: Paulinas, 2007.

________________. *Adolescentes em busca de um porquê.* São Paulo: Paulinas, 2006.

________________. *Da família sitiada à família situada.* São Paulo: Paulinas, 2008.

PINTO, Emilio. *Filhos difíceis de educar.* São Paulo: Martins Fontes, 2010.

SAGAN, Carl. *Bilhões e bilhões.* São Paulo: Cia. de Bolso, 1997.

SEEWALD, Peter; RATZINGER, Joseph. *Deus e o mundo.* Coimbra: Tenacitas, 2006.

STEARNS, Peter. *História da sexualidade.* São Paulo: Contexto, 2009.

ZAGURI, Tania. *Educar sem culpa.* Rio de Janeiro: Record, 1993.

Impressão e acabamento
Imprensa da Fé